대마종 大魔宗
임영기 新무협 판타지 소설
FANTASTIC ORIENTAL HEROES

대마종 7
임영기 新무협 판타지 소설

초판 1쇄 찍은 날 § 2008년 11월 10일
초판 1쇄 펴낸 날 § 2008년 11월 20일

지은이 § 임영기
펴낸이 § 서경석

편집장 § 문혜영
편집 § 문정흠

펴낸곳 § 도서출판 청어람
등록번호 § 제1081-1-89호
등록일자 § 1999. 5. 31
어람번호 § 제2-1616호

주소 § 경기도 부천시 원미구 심곡동 163-2 서경B/D 3F (우) 420-010
전화 § 032-656-4452 팩스 § 032-656-4453
http://www.chungeoram.com
E-mail § eoram99@chollian.net

ⓒ 임영기, 2008

ISBN 978-89-251-1555-9 04810
ISBN 978-89-251-1307-4 (세트)

※ 파본은 구입하신 서점에서 교환하여 드립니다.
※ 저자와 협의하여 인지를 붙이지 않습니다.
※ 이 책은 도서출판 청어람과 저작자의 계약에 의해 출판된 것이므로,
  무단 전재 및 유포·공유를 금합니다.

大魔宗

대마종

7 어머니

임영기 新무협 판타지 소설
FANTASTIC ORIENTAL HEROES

目次

제64장	소주(小主)	7
제65장	정인(情人)의 죽음	41
제66장	사마영(四魔影)	73
제67장	비참한 무림제일미	103
제68장	여자가 되다	129
제69장	어머니!	161
제70장	아버지의 내단(內丹)	187
제71장	철없는 아내	219
제72장	대동협맹의 기습	245
제73장	혈오(血烏)	273

第六十四章
소주(小主)

무가내는 산 세 개를 넘은 후에야 괴한을 따라잡았다.

그러나 그는 곧 괴한이 자신을 기다리고 있었다는 사실을 알게 되었다.

쏴아아…….

그곳은 거센 바람이 부는 어느 산 정상이었다.

띄엄띄엄 커다란 바위들이 여기저기 놓여 있는 폭 오십여 장 정도의 둥근 형태의 지형을 이루고 있었다.

그곳 한복판에서 무가내는 한 명의 흑삼인과 사 장 정도 거리를 두고 마주 서 있었다.

문득 무가내는 흑삼인이 자신에게 볼일이 있어서 여기까

지 유인한 것이라고 짐작해 보았다. 지금으로선 그럴 가능성이 높았다.

그는 묵묵히 흑삼인을 주시하면서 그가 입을 열기를 기다렸다. 볼일이 있다면 그가 먼저 말을 할 것이다.

그런데 흑삼인은 아무런 말도 행동도 하지 않고 우뚝 서서 무가내만 주시하고 있을 뿐이다.

무가내는 흑삼인이 자신을 자세히 살펴보고 있다는 사실을 깨달았다. 즉, 관찰을 하고 있는 것이다.

무슨 이유로 그러는지는 알 수가 없었다. 그래서 그도 흑삼인을 살펴봐 주기로 했다.

그자의 복장은 아무런 특징이 없었다. 그저 평범한 흑삼을 입고 어깨에는 한 자루 검을 메고 있을 뿐이다.

적당한 키에 마른 듯한 체구. 약간 갸름하고 흰 듯한 얼굴은 무사라기보다는 학자 쪽에 더 가까운 청수하고 깨끗한 분위기를 풍겼다.

반 뼘 남짓한 검은 수염을 기른 오십대 중반의 나이로, 중후함도 엿보였다.

그리고 입가와 눈가에 잔주름, 잔잔하면서도 깊이 가라앉은 눈빛은 풍부한 경륜을 내비치고 있었다.

가장 중요한 것. 무가내는 흑삼인에게서 어떤 적의(敵意)도 발견하지 못했다.

그러고 보니까 흑삼인이 나쁜 마음을 품었고, 그 정도의 실력이라면 충분히 무가내를 암습할 수도 있었을 것이다.
 그러면 어느 정도 성과를 거둘 수 있었을지도 모른다. 그런데 그는 그러지 않았다.
 "너는……."
 이윽고 흑삼인이 최초로 입을 열었다.
 나직하고도 온화한 음색이었지만 왠지 허허로운 삭풍 같은 느낌이 배어 있는 목소리였다.
 그것은 마치 평소에는 자상했던 아버지가 어느 날 모진 고생을 하고 집에 돌아와서 내뱉는 건조한 첫마디 같은 기분이 들게 했다.
 그는 무가내에게서 시선을 거두고 파란 하늘을 비스듬히 올려다보면서 말을 이었다.
 "죽어줘야겠다."
 방금 전보다 더 삭막한, 아니, 절대 무심한 목소리였다.
 "죽어? 허허……."
 무가내는 어이없다는 얼굴로 웃다가 다음 순간 얼굴에서 웃음기가 싹 사라졌다.
 등 뒤와 좌우에서 흐릿한 기척을 느꼈기 때문이다.
 그것은 도저히 누군가 자신을 공격하는 기척이라고 생각할 수 없을 만큼 흐릿했고 또 자연스러웠다.
 더구나 무가내 정도의 절정고수가 아니라면 감지하지 못할 정도로 극히 미약한 기척이었다.

그러나 단지 그것뿐이었다. 살기(殺氣)도, 공격을 하는 듯한 어떠한 징후도 감지되지 않았다.

그리고 무가내 앞에 서 있는 흑삼인은 그 자리에서 조금도 움직이지 않은 채 다른 곳의 허공을 응시하고 있었다.

그러나 무가내는 흑삼인에게 동료가 있으며, 이것은 자신에 대한 공격이라고 단정했다.

그렇게 생각한 이유는 방금 전에 전면의 흑삼인이 무가내에게 '죽어줘야겠다' 라고 말했기 때문이다.

무가내는 중원에 나온 이래 오늘 최고의 강적을 만났다. 비록 촌각의 순간이지만 그는 하늘 밖에 또 하늘[天外天]이 있다는 사실을 조금 느꼈다.

그는 누군가 자신을 공격한다고 판단했고, 등 뒤와 좌우 도합 세 군데에서 공격해 온다고 어렴풋이 감지했을 뿐이지 어떤 형태로 무슨 공격이 가해오는지에 대해서는 추호도 알 수가 없었다.

그렇기 때문에 어떻게 방어하고 어떤 식으로 반격을 해야 하는지 계산도 하지 못하는 상황이다.

한 가지 분명한 것은 흑삼인이 모두 네 명이라는 사실이다.

하지만 이 정도에 기가 죽을 무가내가 아니다.

쉐애앵!

순간 그 자리에 우뚝 서 있던 그의 몸이 활시위를 팽팽하게 당겼다가 화살을 놓은 것보다도 더 빠르게 전면의 흑삼인을 향해 쏘아갔다.

전력으로 펼친 섬신비이니 얼마나 빠르겠는가.

전면의 흑삼인은 무가내가 느닷없이 자신을 향해 쏘아오는 데에도 전혀 놀라지 않았다. 다만 눈빛이 가볍게 흔들렸을 뿐이다.

흑삼인은 무가내가 암습을 감지하지 못하거나, 감지했더라도 방어나 반격을 할 것이라고 생각했지 자신을 공격할 것이라고는 예상하지 못했었다.

무가내는 섬신비를 전개하자마자 오른손을 옆구리에 대고 뒤로 슬쩍 당겼다가 장심을 활짝 펼치면서 앞으로 쭉 힘껏 뻗어냈다.

순간적으로 그의 우수가 팔목까지 핏물에 담근 것처럼 시뻘겋게 변하더니 손바닥에서 핏빛 빛줄기가 흡사 폭발하는 것처럼 뿜어졌다.

콰우웅!

구주사황의 최고 절학 중 하나인 혈옥섬강이다.

더구나 흑삼인의 일 장 전면에 쇄도하고 있을 때 발출했으니 날개가 달렸다고 해도 피하지 못할 터이다.

슈우웅!

혈옥섬강의 핏빛 빛줄기는 흑삼인의 가슴 한복판을 향해 정확하고도 빠르게 일직선을 그으며 쏘아갔다.

그런데 흑삼인은 죽기를 각오한 것처럼 핏빛 빛줄기가 두어 자까지 쇄도하도록 우뚝 선 채 꼼짝도 하지 않았다.
'훗! 별것도 아닌 것이… 어?'
무가내는 속으로 가소롭다는 듯 중얼거리다가 움찔 놀랐다.
혈옥섬강이 가슴에 적중되려는 찰나, 흑삼인이 꼿꼿하게 선 채 수직으로 번개같이 솟구쳤기 때문이다.
헛것을 본 것이 아니라 무가내의 눈앞에서 생생하게 벌어진 일이다.
그 바람에 혈옥섬강은 방금까지 흑삼인이 서 있던 곳을 스쳐 지나가 버렸다.
무가내는 그 자리를 지나 급히 신형을 멈추고 뒤돌아서 위를 쳐다보았다.
"……!"
그런데 허공에는 아무도 보이지 않았다. 흑삼인이 혈옥섬강을 피해서 수직으로 솟구친 지 한차례 눈을 깜빡이는 순간도 지나지 않았는데 감쪽같이 사라진 것이다.
그 순간 무가내는 기이한 느낌을 받았다.
아무 소리도, 아무런 기척도 느끼지 못했지만, 그것은 어떤 본능 같은 것이었다.
한 가지 분명한 것은, 자신에게 무엇인가 좋지 않은 일이 벌어질 것 같은 느낌이었다.
뿌악!

"흑!"

직후 그의 느낌은 적중했다. 그는 가슴 한복판에 묵직한 충격을 받으면서 쏜살같이 뒤로 튕겨져 날아갔다.

쿠가가각!

그는 땅바닥에 내동댕이쳐져서 여러 바퀴를 구르다가 커다란 바위에 뒷머리를 호되게 부딪친 후에야 멈추었다.

'이… 것은 도대체……'

그는 어이없다는 표정을 지으며 바위를 짚고 몸을 일으켰다.

체내 기혈의 흐름이 잠시 뒤엉켰다가 정상으로 돌아왔고, 내장이 약간 자리를 이탈했다가 역시 제자리를 되찾았다.

그것은 그가 무엇인지도 모르는 것에 적중당하고 나뒹굴었다가 일어나는 짧은 과정에 일어났다.

만약 그가 금강불괴지체가 아니었다면 그 일격에 온몸이 갈가리 찢어져서 즉사하고 말았을 것이다.

그만큼 흑삼인의 일격은 위력적이라는 것이다.

'빌어먹을! 그런데 그게 대체 뭐였지? 아무 소리도, 기척도 느끼지 못했……'

얼굴을 찌푸린 채 속으로 중얼거리던 그는 무엇인가를 느끼고 움찔하며 재빨리 오른쪽으로 몸을 날렸다.

꽈꽝!

그의 몸이 아직 허공에 떠 있는 상태에서 고막을 먹먹하게 만드는 엄청난 폭음이 터졌다.

그뿐이 아니라 어떤 기운이 뒤쪽에서 파도처럼 확 밀려오는 것을 느꼈다.

그것은 물에 돌을 던졌을 때 둥글게 파문이 일어 멀리까지 퍼지는 것과 같은 느낌이었다.

그 파문에 무가내의 몸이 휘말려 가랑잎처럼 팽글팽글 허공으로 날려갔다.

"우왓!"

하지만 고통이나 충격 같은 것은 없었다. 단지 몸이 통제 불능 상태에서 빠르게 제멋대로 회전을 하는 탓에 조금 어지러움을 느꼈을 뿐이다.

그리고 자신이 너무도 어이없이 당했다는 사실 때문에 정신적인 충격을 받아 자신도 모르게 외침 비슷한 비명이 튀어나와 버린 것이다.

어이가 없었다. 아니, 기가 막혀서 머리가 어떻게 돼버릴 것만 같았다.

두 번이나 공격을 당했으며, 그중에 한 번은 정통으로 적중을 당하기까지 했는데 도대체 무슨 초식에 당했는지 알기는커녕 아예 상대가 출수하는 것을 보지도 못했다. 아니, 상대가 어디에 있는지조차도 모른다.

그러니 하늘 아래 자신이 최강이라고 믿고 있던 무가내가 정신적 충격을 받은 것은 당연했다.

'으으… 이놈들을 그냥!'

가랑잎처럼 날아가다가 그는 돌연 천근추의 수법으로 아래를 향해 뚝 떨어져 내리며 재빨리 염두를 굴렸다.

'이놈들은 모두 네 명이다. 고강하기도 하지만 지독하게 빠르다! 그러니까 힘들여서 잡으려고 쫓아다니지 말고 유인해야겠다!'

그는 중원에 나온 이후 자신의 경공으로도 잡지 못하는 사람이 있다는 사실을 처음으로 인정할 수밖에 없었다.

인정할 것은 인정한다. 그것이 그의 장점이다.

그러나 한 대 얻어터져서 자존심이 상하는 것은 도저히 참지 못한다. 그것이 그의 단점이다.

척!

그는 땅 위에 우뚝 내려서는 것과 동시에 천마신위강을 극한으로 끌어올렸다.

번쩍!

그의 몸에서 찬란한 금광과 혈광이 뒤섞인 흐릿한 광채가 한차례 뿜어졌다가 사라졌다.

그것은 너무나 찰나지간이었기 때문에 착각처럼 여겨졌다.

그가 중원에 나와서 천마신위강을 극한으로 끌어올린 것은 이번이 처음이다. 또한 한쪽 팔이 아닌 온몸에 주입시킨 것도 처음이다.

얼마 전까지만 해도 천마신위강을 전개하여 팔에 주입하면 손바닥에는 금광과 혈광이 태극 무늬를 이루고, 팔에서는 그 두 가지 광채가 가느다란 실처럼 꼬아져서 뿜어졌었다.

그런데 지금은 무광(無光)이다.

바야흐로 그의 공력이 육식귀원의 경지에 도달하여 천마신위강을 칠성까지 연성했기 때문이다.

그의 신체는 무극신골이다. 다시 말해서 끝이 없는 신의 근골을 지녔다는 뜻이다.

그리고 그의 무공 발전은 육식귀원이 끝이 아니다. 아니, 새로운 시작이라고도 할 수 있다.

그의 신체만 '무극'이 아니라 무공 또한 끝이 없는 '무극'이기 때문이다.

이후 그의 무공이 얼마나, 그리고 어디까지 증진될 것인지는 오로지 하늘만이 알고 있을 터이다.

무가내는 천마신위강을 끌어올리는 것과 동시에 미정파를 전개했다.

미정파는 특수한 형태의 진기를 발출해서 일정한 공간 내의 공기를 팽창시켜 자신의 지배하에 두는 것이다.

그것은 마치 자신이 원하는 임의의 공간에 보이지 않는 수천 가닥의 가느다란 거미줄을 빽빽하게 쳐둔 것과도 같다.

흑삼인들이 무가내의 눈과 귀를 감쪽같이 속일 수 있을지는 몰라도, 미정파의 극세(極細) 거미줄에 걸려들지 않고 공격할 재주는 없을 것이다.

무가내는 온몸에 천마신위강을 잔뜩 주입한 상태에서 흑

삼인들이 미정파에 걸려들기만 기다렸다.

현재 미정파의 범위는 십 장으로 펼쳐져 있다. 흑삼인들이 십 장 밖에서 공격을 하리라고는 믿지 않기 때문에 그렇게 펼친 것이다.

물론 십 장 밖에서 공격할 수도 있지만, 그러면 거리가 멀어서 속도와 위력이 현저하게 떨어질 터이다.

공격이란 거리가 가까울수록 위력이 커진다는 것은 코흘리개도 알고 있는 사실이다.

그들은 무가내를 죽인다고 말했었다. 그러려면 한 치라도 가까이에서 공격을 해야만 한다.

순간 무가내의 눈이 약간 커졌다. 상대가 미정파에 걸려든 느낌이 생생하게 전해졌다.

미정파는 한 치의 오차도 없다. 일단 걸려들면 방향은 물론 거리까지 정확하게 간파할 수 있다.

순간 그는 빙글 번개같이 반 회전하면서 상대가 감지된 방향, 즉 오른쪽 뒤쪽을 향해 상대를 확인하지도 않고 오른팔을 뻗었다.

드오옴ㅡ!

찰나, 몹시 흐릿한 금빛과 핏빛의 광채가 손바닥에서 번쩍 뿜어졌다.

아니, 뿜어지는 순간 광채는 사라져서 무광이 됐으나 그 가공한 빛줄기는 이미 삼, 사 장 밖을 쏘아가고 있었다.

천마신위강은 신공이면서 강기(罡氣)다. 또한 여러 형태로 변형해서 전개할 수도 있다.

지금 무가내가 전개한 수법은 쾌비곤(快飛滾)이라고 한다.

쾌비곤은 당금 무림의 수많은 무공 중에서 가장 빠르다고 할 수 있다.

"……"

그러나 무형의 빛줄기 쾌비곤이 뿜어져 가는 곳에는 정작 아무도 없었다.

만약 거기에 흑삼인이 있었다면 결코 쾌비곤을 피하지 못했을 것이다.

그렇지만 흑삼인은 거기에 없었다. 어떻게 된 일인지 지금으로선 알 수 없지만 한 가지 사실만은 분명했다.

미정파가 뚫린 것이다.

'이런 어처구니없는……'

미정파가 파훼되다니, 믿기 어려운 일이었다.

중원 출도 이후 이런 일은 처음이다. 아니, 흑삼인을 추격하고 나서 벌어지는 일들은 모두 무가내로서 처음 겪는 일들뿐이었다.

키우웅!

그때 무가내의 등 뒤에서 쇠를 긁는 듯한 기이한 음향이 흘러나왔다.

등 뒤라고 하지만 바로 지척. 일 장 거리에 불과했다.

흑삼인은 또다시 경이로운 경공으로 무가내의 지척까지 쇄도하여 공격을 감행한 것이다.
 그런데 첫 번째 적중당했던 공격은 아무 소리도 들리지 않았었다.
 그런데 이번 것은 음향이 들렸다. 목표물 일 장 이내에 이르러서야 공격의 음향을 흘려냈다.
 그렇다면 이번 공격은 무기. 그것도 검이다.
 '걸려들었다!'
 검이 등 뒤 일 장 이내에서 쏘아들고 있는데도 무가내는 내심 득의하게 회심의 일성을 터뜨렸다.
 그의 신체는 금강불괴지체이기 때문이다. 더구나 천마신위강을 끌어올린 상태라서 평소보다 몇 배나 더 강력한 호신강기가 전신을 보호하고 있다.
 그 상황에서 누군가 공격을 가할 경우, 초식에 실린 공력과 호신강기의 공력이 합쳐져서 가공할 반탄력으로 작용하기 때문에 제아무리 절정고수가 공격을 가하더라도 중상을 입게 될 터이다.
 무가내의 상체가 육안으로는 보이지 않을 정도로 빠르게 빙글 뒤를 향하며 오른손이 허공으로 뻗어갔다.
 뜨끔!
 그때 무엇인가 날카로운 물체가 무가내의 겨드랑이 아래쪽으로 파고들었다.

호신강기에 이어 금강불괴지체가 연속으로 파훼된 것이다.
그러나 무가내는 그것 때문에 반격을 포기하지는 않았다.
오히려 가일층 빠르고도 위력적으로 오른손을 뻗었다.
그 순간, 보였다.
한 명의 흑삼인이 무가내의 겨드랑이 아래로 검을 쭉 뻗은 채 서 있는 모습이었다.
무가내는 천마신위강으로 흑삼인의 머리통을 박살 낼 수도 있으나 그렇게 하지 않았다.
도대체 어떤 놈들인지 제압해서 똑똑히 보고 또 물어보고 싶은 것이 있었기 때문이다.
콱!
그의 커다란 오른손은 한 치의 오차도 없이 흑삼인의 목을 거세게 움켜잡았다.
그제야 비로소 무가내의 붉은 입술 사이로 득의한 웃음이 흘러나왔다.
"후후… 드디어 잡았다."
무가내는 흑삼인의 목을 움켜잡고, 흑삼인은 검으로 무가내의 겨드랑이 아래를 찌른 자세였다.
그러나 흑삼인은 검을 쥔 오른팔을 쭉 펴지 못하고 팔꿈치를 구부리고 있는 자세였다.
검첨이 무가내의 살갗을 겨우 반 치 남짓만 뚫었을 뿐이기 때문이었다.

그는 끝내 금강불괴지체를 뚫지 못했다. 하지만 호신강기를 완전히 파훼하고 금강불괴지체를 이 할 정도 깨뜨렸다는 것은 놀랄 만한 일이었다.

무가내는 흑삼인의 얼굴을 쳐다보았다. 그는 처음 봤던 청수한 모습의 흑삼인이 아니었다.

그런데 그의 얼굴을 보던 무가내는 가볍게 눈살을 찌푸리고 말았다.

오십대 초반의 나이에 송충이처럼 굵고 짙은 눈썹, 큼직한 코에 두툼하고 큰 입술을 지닌 용맹하면서도 굴강한 외모를 지닌 흑삼인이었다.

무가내가 눈살을 찌푸린 것은 그 흑삼인의 두 눈에 눈물이 고여 있는 것을 발견했기 때문이다.

'울… 어?'

슥.

흑삼인이 무가내에게 목을 잡힌 채 천천히 검을 거두어 어깨의 검실에 꽂았다.

그 행동은 더 이상 공격을 할 의사가 없다는 뜻이었다.

하지만 무가내는 그의 목을 잡은 손에 오히려 힘을 조금 더 주었다.

슷.

그때 흑삼인의 옆에 또 한 명의 흑삼인이 원래부터 그 자리에 있었던 것처럼 소리없이 허공에서 내려섰다.

그는 무가내가 처음에 봤던 청수한 용모의 흑삼인이었다.

무가내는 오른쪽 눈동자로는 목을 움켜잡고 있는 흑삼인을 보고, 왼쪽 눈동자로는 청수한 흑삼인을 쳐다보며 막 출수하려고 했다.

두 개의 눈동자로 각각 다른 사물을 볼 수 있는 재주는 무가내에겐 기본 중의 기본이었다.

그런데 어찌 된 일인지 청수한 흑삼인은 두 손을 앞으로 모아서 마주 잡은 자세를 취하고 있었다.

그것은 공손하기도 하지만 상대에게 자신의 두 손을 보여줌으로써 더 이상 공격할 뜻이 없다는 것을 나타내는 자세이기도 했다.

하지만 무가내는 조금도 경계를 늦추지 않은 채 두 눈동자로 두 명의 흑삼인을 주시하며 입을 꾹 다물고 있었다.

그들이 먼저 무슨 말이든 할 것이라고 생각한 것이다.

그의 판단은 옳았다.

잠시 후 청수한 흑삼인이 착 가라앉은, 그러나 약간 떨리는 듯한 목소리로 입을 열었다.

"금강불괴지체에다가 천마신위강까지 이루다니. 음! 너는 천마신위강은 몇 성까지 연공했느냐?"

여전히 바람처럼 허허로운 목소리지만 아까처럼 정나미 떨어지는 말투는 아니었다. 아니, 오히려 경계심이 많이 누그러진 목소리였다.

무가내는 입을 굳게 다문 채 대답하지 않았다. 대답할 이유도 없었지만 대답하고 싶지도 않았다. 아직도 기분이 나빠 있었기 때문이다.

그런데 청수한 흑삼인의 두 눈에도 눈물이 그렁그렁 고여 있었다.

그리고 뺨이 씰룩이고 입술 끝이 삐죽거리는 것으로 미루어 감정이 격해지는 것을 참고 있는 듯했다.

그는 잠시 침묵을 지키며 무가내의 모습을 이리저리 자세히 살펴보다가 이윽고 입을 열었다.

"우리가 공격한 것은 너를 시험하기 위해서였다."

"시험?"

은근히 궁금증이 생긴 무가내는 불쑥 물었다.

"그동안 지켜본 바에 의하면, 너는 우리가 찾고 있는 사람이 거의 분명하다. 그래서 네가 얼마나 고강한지를 시험해 본 것이다."

"나를 지켜봤다고? 언제부터냐?"

"네가 항주성 무적방을 떠난 이후부터다."

그런데도 무가내는 그들의 기척을 단 두 번만 감지했었다. 기가 막혀서 몸에 힘이 쭉 빠졌다.

그래서 무가내는 가볍게 눈살을 찌푸렸다.

어쨌든 시험이라는 것을 당했다고 하니까 그다지 좋은 기분은 아니었다. 하지만 그들은 조금 전에 무가내를 죽인다고 말했었다.

"너희는 나를 죽인다고 말하지 않았느냐?"

"그렇게 해야지만 네가 전력을 다해서 반격할 것이기 때문이다."

그 말은 맞다. 더구나 이들은 무가내가 중원 출도 이후 최초로 겪는 강적이기 때문에 전력을 다할 수밖에 없었다.

"시험해 보니 어떠냐?"

"만족한다. 그들이 너를 잘 키웠구나."

"그들?"

청수한 흑삼인의 뜬금없는 말에 무가내는 가볍게 의아한 표정을 지었다.

그리고 그가 말하는 '그들'이 누군지 알 것 같았다. 또한 그의 말은 꼭 사대종사를 알고 있는 듯했다.

"사대종사가 너를 키우지 않았느냐?"

슈욱!

콱!

순간 무가내는 번개같이 왼손을 뻗어 청수한 흑삼인의 목을 움켜잡았다.

이어서 눈에서 섬뜩한 살기를 흘리며 물었다.

"네 마물이 나를 키웠다는 사실을 어떻게 아느냐?"

무가내의 공격이 빨랐다고는 하지만 청수한 흑삼인이 피하려고 마음을 먹었다면 피할 수도 있었을 것이다. 그는 무가내도 놀랄 정도의 경공술을 지니고 있지 않은가.
 하지만 그는 잠자코 무가내의 손에 목을 잡혀주었다. 그러면서도 담담한 표정을 유지했다.
 무가내를 주시하는 청수한 흑삼인의 눈가가 파르르 가늘게 경련을 일으켰다.
 그것은 마치 오랫동안 헤어져 있던 가족을 해후했을 때와 같은 표정이었다.
 더구나 청수한 흑삼인처럼 삭막한 성격의 사람이 그런 표정을 짓는다는 것은 내심의 격동이 어떠한지를 짐작할 수 있을 듯했다.
 그런데 바로 그때 청수한 흑삼인의 입에서 나온 말은 무가내에게 충격을 주기에 충분했다.
 "십칠 년 전에 너를 사대종사에게 건네주는 자리에 우리도 함께 있었다."
 "……."
 무가내는 멍한 표정을 지었다. 말은 똑똑히 들었는데 무슨 내용인지 머리가 이해를 하지 못했다.
 오악도에서 십칠 년 동안 살면서 네 마물에게 제대로 듣지 못했던 자신의 신세에 관한 이야기를 생판 모르는 청수한 흑삼인이 하고 있는 것이다.
 그런 말을 듣고도 아무렇지 않다면 그것이 오히려 이상한 일일 것이다.

청수한 흑삼인은 무가내를 쳐다보았으나 그의 반응에는 신경을 쓰지 않고 다음 말을 이었다.

"너의 모친 존함은 단예소(單睿素). 낙양 근교 선양현이라는 곳에 사셨다."

"너……"

적잖이 충격을 받은 무가내는 정신을 수습하려고 애쓰면서 청수한 흑삼인을 쳐다보았다.

청수한 흑삼인은 개의치 않고 계속 말했다.

"혹시 너는 사대종사가 준 하나의 목걸이를 갖고 있거나 본 적이 있느냐?"

무가내는 부지중에 힐끗 자신의 목을 내려다보았다.

그가 항상 목에 걸고 있는 할비용봉패의 취봉패는 옷에 가려져서 보이지 않는 상태지만 두 명의 흑삼인은 그것을 놓치지 않았다.

그리고 그들의 얼굴에 엷은 홍분이 잔물결처럼 번졌고, 이번에는 무가내가 그 모습을 놓치지 않았다.

"취… 봉패를 말하는 것이냐?"

무가내의 목소리가 쩍쩍 갈라져서 나왔다.

"그렇다. 지금 지니고 있느냐?"

두 흑삼인의 눈이 빛나고 있었다.

무가내는 대답하지 않았다. 대신 두 명의 흑삼인을 번갈아서 한동안 뚫어지게 주시했다.

그들이 과연 무슨 의도로 취봉패를 보자고 하는 것인지 알아내려는 것이었다.

얼굴과 표정만 봐서는 그들에게 악의가 없는 것 같았다.

더구나 청수한 흑삼인은 무가내의 어머니 이름이 '단예소'라고 했다.

얼마 전에 균현이 가지고 온 정보에 의하면, 무가내 어머니 성이 '단 씨'라고 했으나 이름까지는 알아오지 못했었다.

또한 이들은 할비용봉패까지도 알고 있다.

무가내는 단지 할비용봉패가 부모의 정표 정도로만 알고 있을 뿐이다.

아니, 그것 외에는 다른 의미가 없을 것이라고 생각했다. 다른 의미가 있을 리가 없다.

슥―

이윽고 그는 두 흑삼인의 목을 놓아주었다.

그러자 두 흑삼인은 움찔 가볍게 표정이 변했다.

어떤 사정이 있었든지 간에 자신들은 무가내를 죽이려고 했었는데 그는 기껏 힘들여서 제압해 놓고는 너무 간단하게 풀어준 것이다.

두 흑삼인은 그것을 무가내의 대범함이라고 판단했다.

촉(蜀)의 제갈공명(諸葛孔明)이 적의 장수 맹획(孟獲)을 일곱 번 놓아주고 나서 일곱 번을 다시 잡았다는 칠종칠금(七縱七擒)이 바로 그것이다.

무가내는 두 흑삼인의 목을 놓아주어도 언제든지 다시 제압할 수 있다는 자신감을 내비친 것이다.

이후 무가내는 목에서 취봉패를 풀어 줄을 손에 쥐고 두 흑삼인의 눈앞에서 좌우로 천천히 흔들어 보였다.

용맹한 용모의 흑삼인의 눈빛은 이미 크게 일렁이고 있었고, 얼굴은 일그러지기 시작했다.

무가내는 그것이 감정이 폭발하기 직전의 모습이라는 것을 알고 있었다.

슥—

그에 비해서 청수한 흑삼인은 훨씬 냉정했다. 그는 어금니를 지그시 악문 채 묵묵히 무가내에게 손을 내밀었다.

취봉패를 달라는 것이다.

아주 달라는 것인지, 아니면 잠깐 보고 돌려준다는 것인지 가타부타 말이 없다.

휙!

그런데도 무가내는 대수롭지 않은 듯 그에게 취봉패를 슬쩍 던져 주었다.

취봉패가 중요한 물건이 아니라서가 아니라 이 두 명의 흑삼인이 보여주고 있는 행동들이 무가내로 하여금 그들을 믿게 만들고 있었다.

그것마저 못 믿는다면 이후 무가내는 천하에서 아무도 믿지 못하게 될 것이다.

청수한 흑삼인은 취봉패를 세상에서 가장 소중한 보물을 다루듯 조심스럽게 만지면서 눈도 깜빡이지 않고 세밀하게 살펴보았다.

용맹한 흑삼인도 청수한 흑삼인에게 뺨을 붙일 듯이 하며 취봉패를 들여다보았다.

문득 무가내는 두 흑삼인이 숨도 쉬지 않고 있다는 사실을 깨달았다.

그뿐만 아니라 그들은 가늘게 몸을 떨고 있었으며, 잠시가 지나자 두 눈에서는 기어코 굵은 눈물이 뚝뚝 떨어졌다.

이윽고 청수한 흑삼인은 두 손바닥 위에 얹은 취봉패를 공손히 무가내에게 주었다. 아니, 바쳤다.

허리를 깊숙이 굽히고 머리 위로 두 팔을 뻗은 자세였다.

무가내는 취봉패를 받아 목에 걸면서 두 흑삼인의 돌변한 행동에 미간을 약간 찌푸렸다.

그때 두 흑삼인이 갑자기 무가내 앞에 나란히 무릎을 꿇고 부복하면서 더 이상 공손할 수 없는 어조로 입을 열었다.

"소인들이 소주(小主)를 뵈옵니다!"

무가내는 '이것들이 또 무슨 수작을 부리는 거야?' 라는 표정으로 눈을 껌뻑거리며 굽어보았다.

그가 아무런 반응이 없자 청수한 흑삼인이 이마를 바닥에 댄 채 최대한 굴신의 자세를 취하면서 아뢰었다.

"소인들은 전대 대마종, 즉 주인님의 종입니다. 당신께선 대마종의 일점혈육이시니 당연히 소인들의 소주이십니다!"

 그래도 무가내는 '무슨 헛소리야?' 라는 표정을 얼굴에서 지우지 못했다.

 그만큼 충격적이었다. 그래서 그들의 말이 허황된 소리로 들렸다.

 하지만 이들처럼 절정고수들이 무가내를 앞에 두고 거짓말이나 농담을 할 리가 없다.

 그는 눈을 껌뻑거리면서 잠시 뭔가 골똘히 생각하다가 혼잣말처럼 중얼거렸다.

 "그렇다면… 별유선당에서 정협맹 놈들의 함정에 빠져서 죽은 대마종이 내 아버지인가……?"

 "그렇습니다!"

 "설마……."

 입으로는 '설마' 라고 중얼거리면서도 무가내는 모든 정황들로 봤을 때 대마종이 자신의 부친이 분명하다는 사실을 빠르게 인식하고 있었다.

 "그럼… 단예소의 남편이 대마종인가……?"

 그는 자신의 부모에 대해서 존칭을 해야 한다는 것도 몰랐고, 설혹 알았다고 해도 그럴 정신이 없었다.

 "그렇습니다."

 "그들 두 사람의 아들이 나라고?"

 "그렇습니다."

무가내는 자신이 그들 두 사람의 아들일 것이라고 거의 마음을 굳혔으면서도 분명하게 확인을 해두고 싶었다.
 그는 뒷짐을 지고 비스듬히 푸른 하늘을 올려다보면서 조용히 중얼거렸다.
 "내가 그들의 아들이라는 증거를 대봐라."
 그는 커다란 충격으로 잠시 정신이 멍한 상태에서도 침착을 유지하려고 애썼다.
 청수한 흑삼인은 감히 고개를 들지도 못한 채 입을 열었다.
 "소주께선 사대종사의 손에 의해서 성장하셨습니까?"
 "그래."
 "그렇다면 그것이 첫 번째 증거입니다. 전대 주인님께서는 소주께서 태어나시면 사대종사의 손에 맡기라고 명령하셨고, 소인들은 그대로 실행했었습니다."
 무가내의 가슴속에 오랫동안 실타래가 엉킨 것처럼 어지럽던 것들이 하나씩 풀려가는 느낌이 들었다.
 "두 번째는, 소주께서 태어나시기 이 년 전에 주인님과 대부인께선 낙양 영선당에서 할비용봉패를 만들어 각자 몸에 지니고 계셨는데, 소주를 사대종사에게 맡기면서 취봉패를 그들에게 주었었습니다. 소주께서 성장하여 중원으로 출도하실 때 별유선당을 표시한 지도와 함께 드리라는 약속이 있었습니다. 그런데 지금 소주께서 취봉패를 지니고 계시니 이것이 또 하나의 증거입니다."

사대종사가 설명해 주지 않은 것을 청수한 흑삼인이 자세히 설명해 주고 있었다.

"셋째, 소주의 용모는 주인님의 젊은 시절 모습과 판에 박은 듯이 똑같습니다. 이것이야말로 소주께서 대마종의 친혈육이라는 가장 큰 증거입니다."

"내가 대마종하고 닮았다고?"

"그렇습니다."

"그런데 왜 아무도 나한테 그런 말을 해주지 않았지?"

청수한 흑삼인은 무가내가 대마종과 닮았다는 것이 가장 큰 증거라고 말했지만, 반대로 무가내에게는 그것이 가장 큰 거짓말처럼 들렸다.

"과거에 주인님의 진면목을 직접 본 사람은 몇 명 안 됩니다. 사마총혈계 내에서도 사대종사와 소인들 외에는 아무도 주인님의 용모를 모릅니다."

그것은 더 큰 거짓말 같았다. 무가내는 무적방주지만 무적방에서 그의 얼굴을 모르는 사람은 한 명도 없다.

아니, 이제 그의 얼굴은 무림에도 많이 알려져서 숨어 다녀야 할 판국이다.

그런데 사마총혈계 내에서도 대마종의 얼굴을 아는 사람이 거의 없다는 것이 말이 되는가?

무가내는 발끈했다. 여간해서는 화를 내지 않는 그였지만, 지금은 왠지 화가 솟구쳤다.

흑삼인들이 그의 부모를 농락한다는 기분이 들었기 때문이라는 사실을 그는 아직 깨닫지 못했다.

"이놈들이 누굴 바보로……."

"균현이나 설란요백에게 물어보십시오. 주인님의 용안을 뵌 적이 있었는지를."

'아!'

순간 무가내는 내심 나직한 탄성을 터뜨렸다. 그러고 보니까 균현 등은 대마종을 봤다는, 즉 진면목에 대해서는 한 번도 말한 적이 없었다.

그러자 자연히 하나의 궁금증이 싹텄다.

"왜 대마종은 사람들에게 얼굴을 보이지 않았지? 무슨 이유가 있는 것인가?"

그는 대마종이 자신의 부친이라고 거의 인정하고 있으면서도 마치 남을 대하듯 말했다.

청수한 흑삼인이 즉시 대답했다.

"오직 한 가지 이유 때문이었습니다. 대부인을 보호하기 위해서였습니다."

"단예소를?"

"네."

"사람들에게 얼굴을 안 보이는 것과 단예소를 보호하는 것이 무슨 관계가 있다는 거지?"

"사마총혈계의 대마종이신 주인님껜 적이 많았습니다. 그들은 기회만 생기면 주인님을 암살하려고 했습니다. 하지만 주인님의 용모를 모르기 때문에 애초부터 암살 시도 자체가 이루어지지 않았습니다."

무가내는 고개를 끄덕였다.

"그렇겠군."

"주인님께선 대부인을 목숨처럼 사랑하셨습니다. 그런데 만약 주인님의 얼굴을 아는 자들이 많아서 암살 시도가 끊이지 않았더라면, 주인님보다는 대부인께서 더 위험하셨을 것입니다. 대부인께서는 무공을 전혀 모르십니다."

무가내는 조금 전보다 더 크게 고개를 끄덕였다.

"음! 그러니까 대마종은 단예소를 보호하려고 얼굴을 드러내지 않은 거로군."

"그렇습니다."

그러면서 그는 문득 은예상을 떠올렸다. 그녀도 단예소처럼 무공을 할 줄 모른다.

심법과 검법을 가르쳐 주긴 했지만 삼류무사에게 일 초식도 견디지 못하고 패할 정도의 수준이다.

만약 누군가 무가내를 죽이려는 자가 있다면, 은예상이라고 해서 결코 봐주지 않을 것이다.

아니, 오히려 그녀는 더 좋은 먹잇감이다. 그녀를 죽여서 무가내에게 충격을 준다거나 납치하여 온갖 더러운 짓을 퍼부을 수도 있을 테니까 말이다.

지금 은예상 곁에는 요마낭 혼자뿐이다. 그녀가 고수이기는 하지만 무가내가 곁에 있는 것만은 못하다.
여자 둘만 남겨놓고 온 것 때문에 갑자기 그는 후회와 걱정이 동시에 들었다.
"넷째."
그런데 청수한 흑삼인의 말이 무가내의 생각을 깼다. 그는 무가내의 속 타는 마음을 아는지 계속 증거를 댔다.
"지금 당장 소주를 대부인께 모셔 드릴 수 있습니다. 그분께서 취봉패의 반쪽 짝인 혈룡패를 지니고 계시므로 그것을 직접 확인해 보십시오."
그쯤에서 무가내는 더 이상 이들을 의심할 수 없다는 사실을 깨달았다.
아니, 그것보다는 빨리 은예상에게 돌아가 봐야겠다는 조급증이 더 작용을 했다.
"다섯째."
그런데 청수한 흑삼인이 또다시 입을 열었다.
"몇 번째까지 있느냐?"
무가내가 불쑥 묻자 청수한 흑삼인은 잠시 생각하는 듯하다가 대답했다.
"스무 개 정도는 더 있는 것 같습니다."
무가내는 한 대 얻어맞은 표정을 지었다가 이내 나직하게 껄껄 웃었다.

"헛헛헛! 그만 해도 된다! 너희를 믿겠다!"

영감 같은 웃음이다. 사대종사와 함께 살았으니 웃음이 그들을 닮은 것이다.

"감사합니다!"

두 흑삼인은 더욱 몸을 작게 만들며 땅속으로 들어갈 듯이 납작하게 숙였다.

문득 무가내는 묘한 기분이 들었다. 두 흑삼인의 태도는 무적방 수하들하고는 사뭇 달랐다.

무적방 수하들도 방주인 무가내에게는 최상의 예절을 갖추고 있지만 이들 흑삼인만큼은 아니다.

이들의 태도는 마치 종. 그렇다. 종 자체를 보여주고 있는 것 같았다.

"일어나라."

예의에 구애되는 것을 싫어하는 무가내는 조금 불편함을 느끼고 그렇게 명령했다.

두 사람은 조심스럽게 일어나서 무가내 앞에 시립했다.

무가내는 조금 전까지만 해도 두 흑삼인이 자신을 죽이려고 날뛰었던 것을 떠올리고는 실소를 금치 못했다.

"만약 내가 너희들 손에 죽었으면 어떻게 할 뻔했느냐?"

종이 주인을 죽였으니 어떻게 할 것이냐는 물음이다.

청수한 흑삼인은 몹시 공손하게 대답했다.

"그렇더라도 어쩔 수 없는 일이었습니다."

그런데 뜻밖의 대답이 나왔다.

"어쩔 수 없다? 내가 죽어도 말이냐?"

"그렇습니다."

무가내는 어이없다는 표정을 지었다.

"내가 너희들의 전 주인인 대마종의 아들, 그러니까… 소주인데도 말이냐?"

"그렇습니다."

무가내는 '요것들 봐라?'는 기분이 들었다.

"어째서 그런지 이유를 말해봐라."

청수한 흑삼인은 몹시 송구스러워하면서 머뭇거리다가 조심스레 대답했다.

"주인님께선 사대종사에게 명령하셨습니다. 소주께서 금만등을 이루지 못하면 중원에 내보내지 말라고 말입니다. 그러니까 소주께서 중원에 나오셨다는 것은 이미 금만등을 이루셨다는 뜻입니다."

"그래서 마음 놓고 공격을 했다는 것이냐?"

"그렇습니다. 소인들은 소주께서 진짜 소주이신지, 복수를 할 능력을 지니셨는지 확인할 수밖에 없었습니다."

"그러다가 죽으면?"

"어쩔 수 없는 일입니다."

얘기가 다시 원점으로 돌아왔다.

"그런데… 내가 너희를 죽였다면?"

청수한 흑삼인의 대답은 변함이 없었다.
"그 역시 어쩔 수 없는 일입니다."
무가내는 어이없다는 표정을 지었다. 그 자신도 대책없는 천방지축이지만 이들은 더 고단수인 것 같았다.
문득 그는 처음에 이들이 공격을 시도했을 때 뒤쪽과 좌우에서 공격해 오는 느낌을 받았고, 그래서 이들이 네 명이라고 판단했던 것이 생각났다.
"이곳에는 너희 둘뿐이냐?"
"그렇습니다."
"그럼 아까 나를 공격할 때……."
무가내는 말을 하다가 멈추었다. 왜냐하면 한 사람이 공격을 하면서 마치 여러 사람이 공격하는 것처럼 보이려고 몇 개의 허초를 발출하는 능력이 자신에게도 있다는 사실을 깨달았기 때문이다.
하지만 그것은 웬만한 절정고수라고 해도 쉽사리 흉내를 내기 어려운 수법이다.
그것은 이들 흑삼인들이 그만큼 고강하다는 뜻이다.
그런 생각을 하다가 다시 은예상과 요마낭 생각이 나자 무가내는 몸을 돌려 왔던 길로 쏘아가며 낮게 외쳤다.
"가자!"

第六十五章
정인(情人)의 죽음

차차차창!

은예상과 요마낭이 있는 관도 쪽에서 무기끼리 부딪치는 음향이 또렷하게 들려왔다.

무가내는 두 명의 흑삼인을 추격하여 은예상이 있는 관도에서 삼십여 리쯤 멀리 떨어져 있었다.

그가 은예상이 있는 곳으로 십여 리쯤 갔을 때 그 음향이 들려왔다.

그는 누군가 은예상과 요마낭을 공격하고 있는 것이 분명하다고 판단했다.

결국 염려가 현실이 되고 말았다. 그러나 이제 와서 후회해 봐도 한시바삐 그녀들에게 달려가는 것 외에는 달리 방법이 없었다.

요마낭은 요선마후의 절학 중 하나인 요마탈혼을 완벽하게 터득했다.

그 검법은 적의 급소만을 노려 찌르거나 베기 때문에 무기끼리 부딪칠 일이 없다.

그런데 지금처럼 무기끼리 부딪치는 음향이 들린다는 것은 한 가지 경우에만 가능했다.

요마낭이 승기를 잡지 못한 채 수세에 몰려 협공을 당하고 있다는 것이다.

무가내는 조급해졌다. 중원에 나온 이후, 아니, 태어나서 마음이 이렇게 다급하고 초조하기는 처음이다.

하지만 아직 관도까지는 이십여 리나 남아 있다. 그가 도착할 때쯤이면 모든 상황이 끝나 버릴지도 모른다.

즉, 은예상과 요마낭이 이미 변을 당하고 난 후일 것이라는 얘기다.

그는 공력을 극한으로 끌어올려 젖 먹던 힘을 다해서 쏘아가기 시작했다.

그가 이처럼 전력을 다해서 빨리 달리는 것 역시 생전 처음 있는 일이었다.

그렇지만 그는 자신이 달리는 것이 거북이처럼 한없이 느리게만 느껴졌다.

눈앞에는 은예상과 요마낭이 피투성이가 되어 죽어 있는 광경이 자꾸만 어른거렸다.

피가 마른다는 것은 바로 이런 때를 가리키는 것이었다.

천하태평에 태산이 무너져도 외눈 하나 까딱하지 않을 그가 두 여자 때문에 당황해서 어쩔 줄을 몰라 하고 있었다.

하지만 정작 본인은 그 사실을 깨닫지 못했다.

'내가 이렇게 느렸단 말인가?'

그러면서 애꿎은 경공만 탓하고 있었다.

은예상을 걱정하는 것만으로도 이 지경인데, 만약 그녀에게 무슨 일이 생긴 것을 직접 보게 된다면 그는 정말 미쳐 버릴 것 같다는 생각이 들었다.

그러나 지금으로선 한시라도 더 빨리 달리는 수밖에 없다.

오악도를 떠나 중원에 도착한 이후 그가 하는 모든 일들이 순풍에 돛을 단 듯 한 치의 막힘도 없이 순조로웠었다.

어떤 난관이 닥치든 다 대책과 방법이 있어서 거침없이 헤쳐 나갔다.

그런데 지금은 막막하기만 하다. 천하를 발아래 두겠다고 결심한 무가내가 사랑하는 여자를 구하지 못해서 전전긍긍하고 있는 것이다.

그때 언뜻 어떤 생각이 무가내의 머리를 스쳤다. 두 흑삼인이 자신보다 경공이 빠를지도 모른다는 사실이었다.

실제 그들은 아까 무가내가 추격을 하는 동안에도 시종 여유있게 그를 앞서 가다가 적당한 곳에 이르러서야 속도를 줄여 그곳에서 기다리고 있었지 않은가.

생각이 거기에 미친 무가내는 두 흑삼인을 찾으려고 힐끗 돌아보았다.

순간 그는 가볍게 놀라는 표정을 지었다.

두 흑삼인이 자신의 좌우 한 걸음쯤 뒤에서 그림자처럼 따라오고 있는 것을 발견했기 때문이다.

더구나 자신은 전력을 다하고 있는 데 비해서 두 흑삼인은 조금도 힘들지 않은 모습이었다.

그제야 무가내는 두 흑삼인의 경공이 자신보다 뛰어나다는 사실을 깨달았다.

"너희 둘, 가서 상아와 낭아를 구해라."

슈우우—

무가내의 명령이 떨어지기 무섭게 두 흑삼인은 기다리고 있었던 것처럼 그를 앞지르는가 싶더니 잠깐 사이에 그의 시야에서 사라져 버렸다.

놀라는 것에 인색한 무가내지만 두 흑삼인의 경공을 보고는 적잖이 놀라지 않을 수 없었다.

무가내가 무공으로는 그들보다 고강할지 모르나 경공만은 하수인 것이 분명했다.

그렇다고 해서 그들의 무공이 무가내보다 현저하게 하수도 아니었다.

무가내는 만약 자신이 꼼수를 쓰지 않은 상태에서 두 흑삼인과 정정당당하게 대결을 벌인다면 우열을 가리지 못할 것이라고 생각했다.

관도 쪽에서는 여전히 무기끼리 부딪치는 소리가 끊이지 않고 점차 또렷하게 들려왔다. 관도가 점점 가까워지고 있기 때문이었다.

어느 순간 누군가의 무기가 은예상과 요마낭의 몸을 찌르고 베어 죽일지도 모른다는 생각에 무가내는 피가 다 마를 지경이었다.

물론 그가 가장 걱정하는 사람은 은예상이다. 그러나 은예상만큼은 아니지만 요마낭도 염려가 됐다.

이런 다급한 상황에서도 그는 한 가지 사실을 깨달았다. 자신이 은예상을 목숨처럼 사랑하고 있으며, 요마낭도 좋아하고 있다는 것이다.

하지만 요마낭의 경우에는 사랑인지 그저 가족애인지 잘 구분이 되지 않았다.

어쨌든 그녀들이 자신의 여자라는 점에서 걱정되는 것만은 분명했다.

바로 그때 그토록 요란하던 무기끼리 부딪치는 소리가 갑자기 뚝 끊어졌다.

무가내는 두 흑삼인이 관도에 도착한 것이라고 여겼다. 그가 예상했던 시각보다 훨씬 빨랐다.

그런데 그들이 적들을 죽이고 있다면 비명 소리가 들려야 하는데 그렇지가 않았다. 다만 무기 부딪치는 음향만 멈추었을 뿐이다.

그렇지만 무가내는 무기 부딪치는 음향이 멈추는 것과 동시에 미약하지만 낮고도 답답한 신음성이 연이어서 흘러나오는 것을 감지했다.

비명이란 지르고 싶어서 지르는 것이 아니다. 몸이 뜻하지 않은 강한 충격을 받았을 때 허파와 목과 입이 반사적으로 쥐어짜 내는 것이 비명이다.

하지만 그런 강한 충격을 주지 않고 목숨을 끊을 때에는 비명을 지르지 않는다.

두 흑삼인은 그런 고도의 살인 기술로 적들을 죽이고 있는 것이 분명했다.

그러나 답답한 신음 소리도 스무 호흡쯤 지나자 더 이상 들리지 않았다.

그로부터 반 다경 후에 이윽고 무가내는 은예상과 요마낭이 있는 관도에 도착했다.

"풍 랑!"
"주군!"

무가내가 숲에서 쏜살같이 뛰쳐나오자 은예상과 요마낭이 어미 닭을 발견한 새끼 병아리처럼 달려들며 반가운 외침을 터뜨렸다.

두 여자는 동시에 무가내의 품으로 뛰어들었다.

무가내는 은예상을 오른쪽에, 요마낭을 왼쪽 품에 안은 채 보듬으며 안심하라는 듯 등을 토닥였다.

그때 그는 비로소 깨달았다. 자신이 요마낭을 여자로 여기고 있다는 사실을.

그것은 이곳으로 달려오고 있던 중에도 느끼지 못했던 일이었는데 막상 얼굴을 대하고는 느낀 것이다.

은예상의 얼굴은 백지장처럼 해쓱했으며, 강심장인 요마낭마저도 얼굴에 당혹과 놀라움이 떠올라 있었다.

그것을 보고 무가내는 조금 전의 상황이 그만큼 위급했었다는 사실을 알 수 있었다.

두 여자는 무가내의 품에서 떨어지지 않으려고 했다. 둘 다 그를 꼭 안고 자꾸만 품속으로 파고들었다.

무가내는 그녀들을 굳이 떼어내려고 하지 않은 채 빠르게 주변을 살펴보았다.

그런데 관도에는 시체가 한 구도 보이지 않았다. 하물며 핏자국조차도 없었다.

그때 요마낭이 무가내의 가슴에 얼굴을 묻은 채 불분명한 소리로 웅얼거렸다.

"정… 협 고수들이었어요. 삼십 명 정도였는데… 한꺼번에 공격을 해서… 어쩔 수가 없었어요……."

정협 고수 삼십여 명이었다면 아무리 요마낭이라고 해도

벅찼을 것이다.

"그런데… 느닷없이 귀신같은 놈 두 명이 나타나 정협 고수들을 순식간에 모조리 해치웠어요. 그러더니 시체를 치우고 나서 연기처럼 사라져 버렸어요……."

그녀는 자신의 말이 허무맹랑하다고 느꼈는지 은예상에게 도움을 청했다.

"주모, 정말이죠……?"

요마낭은 은예상을 호칭으로만 '주모'라고 불렀지, 행동은 언니를 대하듯 했다.

은예상은 아직도 놀라움이 가시지 않았는지 여전히 얼굴을 무가내의 품에 묻은 채 고개만 끄덕였다.

그녀의 풍만한 가슴이 무가내의 옆구리에 눌려 있는데, 그녀의 크게 심장 뛰는 소리가 고스란히 전해졌다.

무가내는 두 흑삼인이 예상했던 것보다 더 신속하고 깔끔하게 일을 처리하고 두 여자를 구한 것에 대해서 매우 흡족한 기분이었다.

그러나 한 가지 의문이 생겼다. 정협 고수들이 무엇 때문에 은예상과 요마낭을 공격했느냐는 것이다.

만약 그들이 그녀들의 얼굴을 알아보고 공격한 것이라면 이것은 그냥 넘어갈 일이 아니다. 하지만 그럴 가능성은 크지 않았다.

"그런데 그 귀신같은 자들은 대체 누굴까요?"

요마낭이 무가내의 품에서 벗어날 생각을 하지 않고 오히려 두 팔로 그의 허리를 꼭 끌어안으면서 종알거렸다.

그녀가 말하는 '귀신같은 자들'은 두 명의 흑삼인을 가리키는 것이다.

이윽고 무가내는 두 여자를 품에서 떼어내며 다시 한 번 주위를 두리번거리다가 관도 변에 우뚝 서 있는 흑뢰의 옆 땅바닥에 한 여자가 엎드린 자세로 길게 누워 있는 모습을 발견하고 가볍게 눈살을 찌푸렸다.

그녀는 얼굴을 이쪽으로 하고 있었으며, 얼굴색이 거무죽죽했지만 무가내는 한눈에 알아보았다.

"저 계집은?"

자신과 관계가 없는 여자는 다 '계집'이다.

요마낭이 그녀, 적멸가인을 보며 입술을 삐죽거렸다.

"저 여자를 살펴보고 있는데 놈들이 느닷없이 덮친 거예요."

그제야 무가내는 정협 고수들이 왜 은예상과 요마낭을 공격했는지 짐작할 수 있었다.

적멸가인을 알아본 그들은 은예상과 요마낭이 그녀를 그 지경으로 만든 것이라고 오해를 한 것이 분명했다.

"저 계집이 왜 여기에 있느냐?"

무가내의 물음에 요마낭은 대답하지 않고 은예상을 힐끗 쳐다보았다.

원래 요마낭은 적멸가인을 죽이려고 했는데 은예상이 만류했기 때문이다.

은예상은 안쓰러운 표정으로 적멸가인을 바라보았다.

"죽어가고 있어요. 구해주었으면 좋겠어요."

다른 사람이 그 말을 했으면 씨도 먹히지 않았을 것이다. 하지만 그 말을 은예상이 했기 때문에 무가내는 선선히 고개를 끄덕였다.

"알았다. 내가 살려주마."

그녀가 적이든 무엇이든 상관이 없다. 은예상이 살리라고 하면 살릴 뿐이다.

은예상에게 무가내가 절대적이듯이, 그에게도 은예상은 절대적인 존재인 것이다.

은예상은 환하게 미소 지으며 그의 가슴에 살포시 안겼다.

"고마워요, 풍 랑."

무가내는 은예상이 원하는 것은 무엇이든 다 해주겠다고 자신에게 맹세했었다.

그러므로 적멸가인을 살려주는 것쯤은 별게 아니다.

그는 천천히 그녀에게 다가가 옆에 책상다리를 하고 앉아 상태를 살펴보았다.

그녀는 은예상에게 발견되기 이전에 이미 독에 중독되어 혼절을 한 상태였다.

극정절독에 중독되고서도 숲 속의 공터에서 관도까지 기

어나왔다는 것이 놀라운 일이었다.

은비전검을 비롯한 정협맹 고수 오백 명은 중독된 자리에 앉은 채 고스란히 떼죽음을 당했다.

그리고 지금쯤은 시체들이 모두 녹아서 땅속에 스며들었을 것이다. 극정절독은 시체조차 남기지 않는다.

적멸가인이 그나마 관도 가장자리까지 기어나올 수 있었던 것은 정심한 심법인 아미파의 대정신공과 전대 정협맹주 태무천의 건곤무상공을 익힌 덕분이다.

하지만 아무리 그렇다고 하더라도 극정절독 앞에서는 무력할 뿐이다.

단지 목숨을 얼마 동안 연장해 주는 것에 지나지 않았다. 지금 그녀는 살아 있다기보다는 죽은 시체 쪽에 더 가까운 몸이었다.

그녀의 모습은 처참하기 이를 데 없었다. 얼굴과 두 손은 검푸른 색이고, 입과 눈, 코, 귀에서 검붉은 액체가 흘러나왔는데, 액체에서는 지독한 악취가 풍겼다.

무가내는 팔짱을 끼고 약간 눈살을 찌푸린 채 못마땅한 얼굴로 적멸가인을 굽어보았다.

그녀를 살리려면 손을 대야만 하는데 그러는 것이 싫었기 때문이다.

그가 예쁜 여자라면 다 좋아하는 줄 알았는데 그것도 아닌 것 같았다.

아마도 적멸가인과의 첫 만남에서 안 좋은 인상을 받았기 때문일 것이다.

은예상은 무가내의 마음을 알아차리고 그의 옆에 쪼그리고 앉아 가만히 팔을 잡았다.

"풍랑."

무가내는 그녀가 살포시 미소 짓는 것을 보고는 빙그레 웃으며 고개를 끄덕였다.

"알았다. 살려주마. 그런데 너희들 이 계집에게 손을 댄 것은 아니겠지?"

극정절독에 중독된 사람을 맨손으로 만졌다가는 똑같이 중독되어 죽고 만다.

사실 적멸가인을 발견한 은예상은 그녀를 똑바로 눕히고 살펴보려고 만지려 했었다. 그러는 것을 요마낭이 황급히 말렸던 것이다.

무가내 양옆에 쪼그리고 앉은 은예상과 요마낭은 고개를 살래살래 가로저었다.

"안 만졌어요."

무가내는 적멸가인을 살펴보지도 않고 손을 뻗어 그녀의 손목을 잡았다.

"지독히도 명줄이 질긴 계집이로군. 아직도 숨이 끊어지지 않다니……"

심장은 거의 뛰지 않았고 맥조차 극히 희미해서 죽은 것이나 다름이 없는 상태였다.

하지만 무가내가 그녀를 살리겠다고 마음을 먹은 이상 살리는 것은 아주 쉬운 일이다.

그는 약간의 공력을 끌어올려 그녀 체내의 극정절독을 빨아내기 시작했다.

스으으.

모래 사이로 물이 스며드는 듯한 미약한 소리가 적멸가인의 몸속과 무가내의 손에서 흘러나왔다.

그와 동시에 그녀의 검푸르던 얼굴과 손이 빠르게 본래의 색으로 회복됐다.

곁에서 지켜보던 두 여자는 너무도 신기하다는 표정으로 눈도 깜빡이지 않았다.

불과 세 호흡이라는 짧은 시간 만에 적멸가인의 몸속에 있던 극정절독은 무가내의 체내로 말끔히 흡수되었다.

하지만 독을 제거했다고 그녀가 벌떡 일어설 수 있는 것은 아니다.

극정절독으로 인해서 그녀 체내의 모든 장기와 혈맥이 크게 손상을 입고 기능이 마비되었으므로 그것들을 치료해야지만 완치되는 것이다.

그러나 이곳은 관도상이라 치료를 하기에 마땅한 장소가 아니다.

또한 무가내는 적멸가인을 치료하는 일이 영 마뜩치 않아서 그리 성의를 보이지 않았다.

슥—

그는 숲에서 적당한 굵기의 나뭇가지들을 꺾어다가 얼기설기 이어서 간단한 들것을 만든 후 거기에 적멸가인을 눕히고 흑뢰의 뒤꽁무니에 연결시켰다.

다각다각.

일행은 다시 길을 떠났다.

무가내가 가운데, 은예상이 앞에, 그리고 요마낭이 뒤에 탄 상태에서 서둘지 않고 느긋하게 관도를 따라갔다.

*   *   *

군산. 정협맹 총단.

거대한 규모의 정협총각 삼층 맹주 집무실에 네 사람이 모여 있다.

평범한 나무의자에 제이대 정협맹주인 옥검신룡 북궁연이 앉아 있고, 그 앞쪽 좌우에 정감단 세 명의 단주가 시립하듯 서 있었다.

북궁연은 검소한 사람이라서 자신이 맹주가 된 이후 집무실부터 싹 바꿨다.

예전에 있던 크고 화려한 물건들을 모두 작고 평범한 것들로 교체했으며, 수하들에게 위화감을 조성할 수 있는 것들도 모두 없앴다.

그래서 그의 집무실은 여느 대대주의 집무실과 별반 달라 보이지 않았다.

아까부터 실내에는 무거운 분위기가 짓누르고 있었다.

어젯밤에 악양의 사해방이 전멸한 사건과 맹주 북궁연의 사매인 적멸가인이 아직 귀환하지 않은 것 때문이었다.

정협맹 총단은 북궁연의 명령으로 오늘 아침부터 꾸준히 고수들을 악양으로 보내 현재는 무려 사천여 명이 악양성과 인근 지역을 샅샅이 뒤지고 있었지만 아직 이렇다 할 보고가 들어오지 않고 있다.

무적방이 사해방을 괴멸시켰다거나, 무적방주 혈풍신옥이 정협맹 총단을 총공격하기 위해서 전 고수를 이끌고 악양성에 진입했다는, 확인되지 않은 소문만이 분분하게 나돌아 민심을 흉흉하게 만들고 있을 따름이었다.

정협맹은 타의 추종을 불허하는 정보망을 보유하고 있다.

과거 요선계의 정보망이 천하제일이었으나 요선계가 사라진 현재는 정협맹의 정보망, 즉 개활당(蓋闊堂)이 천하제일이라고 자타가 인정하고 있다.

그 개활당이 악양성을 중심으로 떠돌고 있는 소문들이 사실이라고 뒷받침할 만한 아무런 근거도 갖고 있지 않았으며, 단서도 찾아내지 못하고 있다.

그렇다는 것은 그 소문들이 전부 헛소문이라는 것이다. 최소한 정협맹에서는 그렇게 믿고 있었다. 그만큼 개활당에 대한 믿음이 크다는 뜻이다.

하지만 그런 소문들은 북궁연의 귀에 들리지 않았다. 지금 그가 가장 걱정하는 것은 오로지 사매 적멸가인의 행방이고 생사일 뿐이다.

그녀는 오늘 오전까지는 총단과 연락을 주고받았었는데 사시(巳時:오전 11시) 이후부터 완전히 연락이 두절된 상태가 된 것이다.

적멸가인이 고수들을 이끌고 무적방을 공격하기 위해서 떠난 이후에 북궁연은 크게 깨달은 것이 있었다.

자신이 사매를 사랑하고 있다는 사실이었다.

그것은 평소에도 잘 알고 있는 일이라서 새삼스러운 일이 아닐는지 모른다.

그렇지만 이번 사매의 외출은 여느 때와는 달리 매우 길었으며, 무적방 토벌이라는 위험을 안고 있었다.

북궁연은 지루한 기다림 속에서 그녀가 애타게 그리웠고, 그 끝에 크게 깨달은 것이다.

자신이 사매를 사랑하고 있는 것이 남들이 다 하고 있는 평범한 사랑이 아니라, 목숨을 건 '지독한 사랑'이라는 사실이었다.

사매가 늘 곁에 있을 때에는 별로 느끼지 못했었는데, 그녀가 오랫동안 정협맹을 비우고 나가 있자 북궁연은 날이 갈수록 조바심을 느끼면서 그녀가 애타게 그리웠다.

그리고 사매에게서 연락이 완전히 두절된 현재는, 그녀를 당장 보지 못하면 숨이 끊어질 것 같은 절절한 심정에 사로잡혀 있었다.

정감단 세 명의 단주는 북궁연이 아무런 말을 하지 않고 있지만, 그의 표정만으로도 그의 심정을 어렵지 않게 짐작할 수 있었다.

북궁연이 사매 적멸가인을 얼마나 사랑하고 있는지 잘 알고 있기 때문이다.

예전의 정감단은 이십오맹숙 휘하의 별개 조직이었지만, 지금은 맹주의 최측근이 되었다.

새로 개편된 정협맹의 대소사는 북궁연과 세 명의 정감단주가 상의하여 결정하고 있는 실정이었다.

"음!"

이윽고 북궁연이 말문을 열려는 듯 묵직한 신음을 토해냈다.

맹주인 자신이 언제까지 침묵을 지키고 있을 수는 없다는 것을 알고 있기 때문이다.

"보고하게."

북궁연의 요구에 단주들은 머뭇거렸다.

사실 아까 이미 보고를 다 끝낸 상태였다. 그 후 북궁연이 일각 이상 동안 혼자 생각에 잠겨 있다가는 느닷없이 또 보고를 하라는 것이다.

아마도 적멸가인을 걱정하고 있기 때문에 그녀에 대해서 보고하라고 무의식중에 튀어나온 말인 듯했다.

두 명의 단주가 풍정감단주인 화영을 쳐다보았다. 그가 개인적으로 북궁연과 친분이 두텁기 때문에 이 일을 그더러 해결하라는 무언의 종용이었다.

화영은 침착함을 회복하려고 애쓰는 북궁연을 잠시 지켜보다가 오랫동안 입을 다물고 있었던 탓에 약간 갈라진 목소리로 입을 열었다.

"맹주, 한 소저에 대한 새로운 보고는 없습니다."

"음."

북궁연은 짧은 신음으로 대답을 대신했다.

화영은 얼마 전까지는 절친한 친구였으나 지금은 정협맹의 최고 우두머리가 된 젊은 맹주의 주의를 환기시켜 줄 필요성을 느꼈다.

"맹주, 그보다는 전멸한 사해방과 악양성에서 감쪽같이 사라진 무적방에 대한 일이 더 시급합니다."

순간 북궁연의 미간이 가볍게 좁혀지고 눈에서 흐릿한 기광이 번뜩이는 것을 화영과 두 명의 단주는 발견했다.

그 순간 세 명의 단주는 북궁연에게는 그 어떤 일보다 적멸가인의 일이 가장 중요하다는 사실을 알아차렸다.

하지만 세 명의 단주는 북궁연이 그것 때문에 다른 일들을 소홀히 할 것이라고는 염려하지 않았다.

 세 명의 단주는 오랫동안 북궁연과 동고동락했기 때문에 그에 대해서 누구보다도 잘 알고 있었다.

 그는 정의심이나 의협심이라면 누구에게도 뒤지지 않고, 당금 무림의 후기지수 중에서 첫손가락에 꼽힐 정도로 무공이 절정에 달했으며, 무엇보다도 친화력과 지도력이 뛰어난 청년이었다.

 그렇기 때문에 그가 반란을 처음 얘기했을 때 어느 누구도 반대하지 않고 서슴없이 따랐던 것이다.

 뿌연 흙탕물이라도 가만히 내버려 두면 저절로 가라앉아서 깨끗하게 정화가 되듯이, 북궁연도 그런 장점을 지니고 있는 사람이다.

 어느 순간 그는 정신을 수습했으며, 사매 적멸가인에 대한 걱정을 마음속 한구석으로 가만히 밀어놓았다.

 "그러니까 결론적으로 악양성 인근에서 무적방 고수들을 발견하지 못했다는 것인가?"

 그의 물음에 광(光)정감단주, 즉 광단주가 정중히 대답했다.

 "그렇습니다."
 "수색은 계속하고 있나?"
 "총단 소속 정영. 정협 고수 사천여 명이 악양성 일대를 이 잡듯이 뒤지고 있습니다."

이번에는 운정감단주, 즉 운단주가 대답하고 나서 잠시 틈을 주었다가 말을 이었다.

"이렇게 대대적으로 수색을 하고 있는데도 무적방의 흔적이 발견되지 않는다는 것은 한 가지 이유밖에는 없습니다. 즉, 그들은 애초에 악양성에 오지 않았다는 것입니다."

그것이 제 일감이다. 북궁연과 화영을 제외한 대부분의 사람들은 그렇게 생각하고 있었다.

"무적방이 본 맹의 턱밑까지 와서 사해방을 전멸시키고 유유히 사라지는 동안 우리 개활당이 전혀 감지하지 못했다는 것은 말이 되지 않습니다."

그는 주먹을 쥐어 보이면서 단정하듯이 말했다.

"무적방은 애초에 악양성에 오지 않은 것입니다."

"그렇다면 사해방은 누가 전멸시켰다고 생각하는 건가?"

화영이 그렇게 물었다.

북궁연도 그렇게 묻고 싶었지만 어차피 운단주가 대답하지 못할 것이라는 것을 알기에 가만히 있었다.

화영이 대신 물은 것은 북궁연이 그렇게 묻고 싶어한다는 사실을 짐작했기 때문이다.

"그것을 조사해야 한다는 것입니다."

화영은 운단주에게 고개를 끄덕여 보이며 공감한다는 의사를 표시한 후에 북궁연에게 정중히 물었다.

"맹주, 무적방주인 혈풍신옥의 여자가 누군지 아십니까?"

뜬금없는 얘기다. 하지만 그 말이 화영의 입에서 나왔다면 필시 그런 말을 하는 이유가 있을 테고 중요한 내용일 것이 분명했다.

"누군가?"

"천상옥봉입니다."

북궁연은 기억을 더듬는 듯 잠시 고개를 갸웃거리다가 적잖이 놀라는 표정을 지었다.

"설마… 천하제일미라는 그 천상옥봉이란 말인가?"

"그렇습니다. 혈풍신옥과 천상옥봉이 어떻게 만나게 됐는지에 대해서는 알려지지 않았지만, 두 사람이 그림자처럼 붙어 다니는 것만은 분명합니다."

혈풍신옥과 천상옥봉이 연인 관계라는 것은 놀라운 일이기는 하지만 지금 이 자리에는 어울리지 않는 내용이다.

북궁연은 영리한 사람이다. 그는 화영이 갑자기 그런 말을 꺼낸 데에는 이유가 있을 것이라고 짐작했다.

"천상옥봉이라는 여자와 사해방의 괴멸이 관계가 있다고 보는 것인가?"

"그렇습니다."

"자네가 아는 것을 말해보게."

화영은 불과 며칠 전부터 치밀한 조사 끝에 알게 된 사실에 대해서 차분하게 설명하기 시작했다.

"사해방 소방주인 광천패도 조진우는 천상옥봉을 몹시 짝

사랑하고 있었습니다."

그의 말에 세 사람은 긴장했다. 무적방과 사해방을 연결하는 최초의 고리가 형성되는 순간이었다.

"조진우는 천상옥봉을 자신의 여자로 만들기 위해서 온갖 방법을 다 동원했었으나 별다른 성과를 거두지 못했습니다. 그래서 그는 결국 천상옥봉의 부친을 압박하여 목적을 이루기로 작정했습니다."

"천상옥봉의 부친은 숭검문의 문주인 은장후가 아닌가?"

궁금증을 참지 못한 광단주가 물었다.

이것은 사해방이 왜, 어떻게 괴멸되었는지에 대한 접근이기도 하지만, 무림에 알려지지 않은 천하제일미에 얽힌 비사(秘事)이기도 하다.

젊은 피가 끓는 중원의 사내치고 천하제일미 천상옥봉에 대한 미명(美名)에 가슴을 떨어보지 않은 사람은 아무도 없을 터이다.

광단주와 운단주는 사해방의 일과는 별개로 이 이야기에 관심이 있었다.

"그렇네. 숭검문은 이곳에서 남쪽으로 불과 이백여 리에 위치해 있네."

화영은 광단주를 보며 말한 후 다시 시선을 북궁연에게 향하며 말을 이었다.

"조진우는 사해방 고수들을 이끌고 숭검문주인 숭검협우

은장후를 찾아가서 딸을 자신에게 달라고 협박을 했습니다. 그러나 은장후가 듣지 않자 조진우는 은장후 부부는 물론 숭검문의 제자와 식솔들을 깡그리 도륙했습니다. 그런 후에 천상옥봉을 납치하여 강제로 자신의 여자로 만들려고 했는데, 그 과정에서 천상옥봉이 탈출을 한 것입니다."

실내에 잠시 무거운 침묵이 깔렸다.

조진우의 행동이 너무도 대담하고 어이없으며 잔인한 일이기 때문이었다. 그것은 도저히 정파인의 행동이라고 볼 수가 없었다.

화영은 지난 며칠 동안 총단의 개활당이 수집한 방대한 정보에서 천상옥봉에 대한 정보들을 추려서 모았었다.

거기에다 자신의 추리력을 보태어 하나의 가설을 만들어 냈는데, 지금 그것을 설명하고 있는 것이다. 그러므로 어떤 것은 사실이고 또 어떤 것은 추측이다.

"결국 조진우는 아무런 소득도 얻지 못한 채 숭검문만 멸문시킨 꼴이 되고 말았습니다. 그는 그 사실이 알려지면 시끄러워질 것을 염려하여 숭검문과 시체들을 깡그리 태워서 증거를 완전히 없앴습니다."

조진우의 편협하고 이기적이며 포악한 성격에 대해서 잘 알고 있는 실내의 사람들은 그라면 능히 그러고도 남을 것이라고 생각했다.

"종적을 감추었던 천상옥봉은 이십여 일 후에 항주성에서 모습을 나타냈습니다."

 북궁연은 누가 말을 해도 중간에 끊지 않는다. 상대의 말을 다 들은 후에야 비로소 자신의 말을 하는 인내심을 갖고 있기 때문이다.

 하지만 사실 그것은 인내심이 아니라 용의주도함이라고 할 수 있다.

 상대의 말을 들으며 그중에서 중요한 내용을 골라 그 상황에 대한 자신의 생각과 결정을 수정할 수 있기 때문이다.

 "그즈음 항주성 구룡방의 방주인 극신도황 구양 대협이 암살을 당하는 사건이 일어났었습니다. 그래서 본 맹 총단에서는 강소성 천중보의 보주이신 천중검협에게 그 사건을 조사하라고 항주성에 급파했습니다. 저도 풍정감단 고수 이십 명을 이끌고 그 일에 합류했었습니다."

 북궁연은 고개를 끄덕였다. 전대 정협맹주가 그 명령을 내릴 때 그도 그 자리에 있었다.

 "저희는 구룡방주의 암살을 면밀히 조사하다가 하나의 단서를 찾아내서 항주성 내에 있는 황룡표국에 찾아갔었습니다. 그런데 그 자리에 혈풍신옥과 천상옥봉이 함께 나란히 있었습니다. 그때 이미 두 사람은 연인 사이였던 것 같습니다. 참고로 천상옥봉의 숙부가 황룡표국주 은기도라는 인물이었고, 혈풍신옥은 그 당시 황룡표국의 수석 표두라는 신분이었습니다."

혈풍신옥이 표국의 최하위인 일개 쟁자수였다가 지금의 위치에 오르게 된 일은 정협맹의 간부 급이라면 잘 알고 있는 사실이었다. 적에 대해서 숙지해야 하는 것이 간부들의 기본이기 때문이다.

설명이 길어질 것 같자 화영은 결론만을 추렸다. 아니, 황룡표국에서 자신이 혈풍신옥에게 구차하게 목숨을 건졌던 일을 되새기고 싶지 않은 것이 솔직한 심정이었다.

"황룡표국에서 천중검협이 혈풍신옥에게 죽었고, 이후 혈풍신옥은 구룡방 자리에 무적방을 개파하여 빠른 속도로 세력을 키웠습니다."

그즈음 조진우가 절강성 정협맹 휘하 세력들을 규합하여 무적방을 공격하게 조작했던 일.

그리고 그것이 천상옥봉을 납치하기 위한 조진우의 계책이었다는 것을 화영은 굳이 설명하지 않았다. 지금은 그게 중요한 일이 아니기 때문이다.

"천상옥봉은 정인인 혈풍신옥에게 자신의 원수가 조진우라는 사실을 당연히 말했을 것입니다. 그리고 혈풍신옥은 그녀의 복수를 해주고 싶었을 것입니다. 또한 그에겐 그만한 능력이 있습니다."

그가 구태여 혈풍신옥이 사해방을 급습하여 전멸시켰을 것이라고 말하지 않아도 세 사람은 그의 다음 말을 짐작할 수 있었다.

즉, 혈풍신옥이 무적방을 이끌고 사해방을 공격, 전멸시켰을 것이라는 뜻이다.

광단주와 운단주는 충격적인 사실에 얼굴 가득 놀라는 표정을 떠올렸다.

화영의 설명대로라면 사해방은 혈풍신옥이 이끄는 무적방이 전멸시킨 것이 거의 확실하다.

당금 무림을 거세게 진동시키고 있는 풍운아이며 태풍의 눈으로 떠오르고 있는 혈풍신옥이 사랑하는 여자의 원한을 갚아주지 않을 리가 없다.

화영은 잠시 조용히 있다가 쐐기를 박는 얘기를 꺼냈다.

"엿새 전, 무창에서 운룡대신도와 그의 속가제자가 살해당했으며, 본 맹은 그것을 혈풍신옥의 짓이라고 거의 단정하고 있습니다."

그는 똑바로 북궁연을 주시했다.

"운룡대신도는 이십여 년 전 별유선당의 음모에 가담했던 열다섯 명 중의 한 명입니다. 혈풍신옥은 그들 열다섯 명을 모두 죽여서 대마종의 복수를 하려는 것 같습니다. 무현 진인의 죽음도 그 일환으로 볼 수 있겠지요."

그는 설명 중에 혈풍신옥이 대마종의 후예거나 아니면 전인일 것이라는 강한 암시를 풍겼다.

"그런데… 혈풍신옥이 무창까지 왔다가 지척에 있는 악양에는 오지 않았겠습니까? 이십 년 전에 죽은 대마종의 원수를 갚겠다고 날뛰는 자가 살아 있는, 그리고 사랑하는 여자의 원수가 바로 코앞에 있는데도 운룡대신도만 죽이고는 태연하게 돌아갔겠습니까?"

 북궁연도 혈풍신옥과 무적방이 사해방을 괴멸시켰을 것이라고 짐작하고 있었다.

 다만 그에게는 화영 같은 논리정연한 증거와 추리가 없었을 뿐이다.

 문득 북궁연은 화영이 말을 멈추고는 무언가 머뭇거리고 있는 것을 보고 재촉했다.

 "뭔가?"

 "아… 닙니다."

 화영이 약간 당황하자 북궁연은 더욱 들어봐야겠다는 생각이 들었다.

 "여태까지 말한 것보다 더 나쁜 얘기라도 나는 들을 준비가 되어 있네. 말해보게."

 화영은 마른침을 삼킨 후 까칠해진 입술에 혀로 침을 바르고 나서 메마른 어조로 입을 열었다.

 "이것은 어디까지나 추측입니다."

 극도로 긴장하고 있는 그를 보면서 아직 듣지도 않은 그 얘기가 추측일 것이라고는 아무도 생각하지 않았다.

 "한 소저는 총단으로 귀환하라는 맹주의 명령을 여러 차례 무시했습니다. 혈풍신옥이 악양성에 있다고 주장하면서 그

정인(情人)의 죽음 69

를 반드시 제압하겠다는 것이 그녀의 이유였습니다."

언뜻 뭔가 알 수 없는 불길한 기운이 북궁연의 뒷골을 후리고 지나갔다.

화영의 목소리가 더욱 깊게 가라앉았다. 그가 긴장을 하고 있다는 뜻이다.

"한 소저는 이미 혈풍신옥과 마주친 것 같습니다."

짧은 말이지만 그것이 함축하고 있는 의미는 매우 컸다.

한 소저, 즉 적멸가인 한정과 은비전검. 오백 고수가 악양성 내에서 한 명도 발견되지 않고 있으며, 그들과 어떠한 연락도 주고받을 수 없다는 사실은 오직 한 가지 경우에만 가능하다.

그들 모두가 이미 이 세상 사람이 아니라는 뜻이다.

화영은 추측이라는 전제를 달았지만, 결국 그것은 가장 근접한 현실로 모두에게 받아들여졌다.

그 어느 때보다 무거운 침묵이 오랫동안 실내를 짓눌렀다.

네 사람 중에서도 북궁연의 침묵과 고뇌가 가장 길고도 깊을 수밖에 없었다.

그는 평소와는 달리 점차 자제력을 잃어가기 시작했다.

적멸가인 한정의 죽음.

그 사실이 북궁연에게 안겨주는 충격은 엄청난 것이었다.

화영은 입을 굳게 다물고 북궁연을 주시했다. 지금껏 여러 이유 때문에 망설이고 있었지만, 정협맹주의 최측근으로서 그가 할 수 있는 말은 다 했다.
 이제 맹주인 북궁연의 결단만 남았다.
 화영은 과연 이런 상황에서도 그가 사마총혈계와 공존하면서 무림의 평화를 정착시키겠다는 최초의 계획을 계속 추진할 수 있을 것이라고는 생각하지 않았다.

第六十六章
사마영(四魔影)

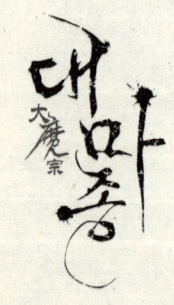

대마종
大麿宗

강가 작은 포구 옆에 호젓하게 위치해 있는 객잔이 한눈에 내려다보이는 야트막한 언덕 위에 세 사람이 서 있었다.

강 쪽을 향해 뒷짐을 지고 우뚝 서서 밤하늘에 떠 있는 반월을 그윽하게 바라보고 있는 사람은 무가내였다.

그리고 그의 뒤쪽에 시립하는 듯한 자세로 서 있는 것은 두 명의 흑삼인이었다.

무가내는 아까 관도에 은예상과 요마낭을 놔두고 갔다가 혼쭐이 난 아픈 경험이 있었기 때문에 지금은 그녀들이 묵고 있는 객잔에서 멀리 떨어지고 싶지 않았다.

그가 한밤중에 객잔을 나온 이유는 두 흑삼인과 대화를 나누기 위해서다.

 현재 무적방 무적오군과 별동대인 요마삼군, 그리고 구유마혈이 이끌고 온 오천여 명의 사독요마 고수들은 무가내의 명령으로 은밀하게 이동하고 있는 중이었다.

 무가내의 개인 호위대인 자미룡과 냉운월에게도 무적군에 합류하여 같이 행동하라고 지시했다.

 무가내는 은예상하고 단둘이 호젓하게 유람이나 하면서 이동하고 싶었다.

 하지만 요마낭을 가르치는 일을 게을리 할 수가 없기 때문에 그녀도 함께 데리고 온 것이다.

 하긴 요마낭이 있다고 해서 방해될 것은 없다. 그녀 때문에 무가내와 은예상이 못할 일은 없기 때문이다.

 "요백인가?"

 그때 무가내가 야공의 반월에서 시선을 떼지 않은 채 조용히 중얼거렸다.

 스으.

 무가내의 오른쪽 바닥에 희뿌연 은빛 안개가 뿌려지는 것 같더니 곧 한 사람의 모습이 나타났다.

 설란요백이 무가내를 향해 부복한 채 이마를 땅에 대고 예를 취하고 있었다.

 "속하, 주군을 뵈옵니다."

 무가내는 그녀에게 다가가 손수 일으켜 주며 빙그레 미소 지었다.
"일어나, 요백 할매."
"주… 군."
설란요백은 황송해서 어쩔 줄 몰라 쩔쩔맸다.
"요백 할매는 앞으로 나한테 엎드려서 절하지 마."
무가내가 부드럽게 등을 토닥이면서 말하자 설란요백은 감격에 당황이 겹쳐서 얼굴이 붉어졌다.
"주군, 하오나……."
"할매는 나이가 많으니까 자꾸 일어섰다 앉았다 반복하면 무릎이 망가져. 그만둬."
"네……."
설란요백은 순전히 자신이 고령이라서 그가 배려하는 것을 알고 씁쓸한 표정을 지었다.
그러다가 그녀는 속으로 흠칫 놀랐다.
'내가 무슨 이만한 일에…….'
얼마 전까지만 해도 옆에서 태산이 무너져도 외눈 하나 까딱하지 않던 그녀였다.
그런데 지금은 별것도 아닌 일에 감격했다가는 금세 실망하는 소심한 사람이 돼버렸다.
그녀는 자신이 그렇게 된 것이 순전히 무가내 때문이라고 생각했다.
그는 주위 사람들의 성격마저도 변화시키는 기이한 능력

을 갖고 있었다.
 설란요백도 그것에 감염된 것이 분명했다. 하지만 그녀는 그것이 그다지 나쁘지 않다고 생각했다. 아니, 오히려 이 새로운 변화가 좋았다.
 이 젊은 주군 옆에만 있으면 자신이 그의 친할머니가 된 듯한 기분이 들기도 하고, 가끔은 속이 뻥 뚫리게 큰 소리로 웃게 만들거나, 코끝이 찡한 감동 같은 것을 주어서 세상 사는 맛을 느끼게도 해주었다.
 그녀는 자세를 고치면서 무가내 뒤에 서 있는 두 명의 흑삼인을 슬쩍 살펴보았다.
 처음 보는 인물들이지만 한눈에도 범상치 않은, 아니, 굉장한 인물인 듯했다.
 두 흑삼인은 아무런 기도도 흘리지 않고 있지만, 설란요백은 그들에게서 은은하게 풍기는 신비한 기운을 감지했다.
 만약 그녀처럼 날카로운 안목과 풍부한 경험이 없는 사람이라면 흑삼인들에게서 그런 것을 느끼지 못했을 것이다.
 그 정도로 흑삼인들의 기운을 감지하는 것이 어려웠다. 아니, 아예 기운이 없다고 해야 옳았다.
 잠시 고개를 갸웃거리다가 그 기운의 실체가 무엇인지 알아낸 설란요백은 내심 움찔 놀랐다.
 '마정승기(魔精昇氣)!'
 그녀는 놀라움을 삭이려고 애쓰면서 다시 자세히 살펴보

았지만 두 흑삼인에게서 미미하게 흘러나오는 기운은 마정승기가 분명했다.

마정승기는 진정한 '마도 고수(魔道高手)' 만이 지니고 있다고 알려져 있다. 또한 무공이 절정에 이르러야지만 지닐 수 있다고도 한다.

사독요마의 절정고수라고 해서 누구나 마정승기를 지닐 수 있는 것은 아니다.

오직 마도인만이 정심한 마공(魔功)을 연마하여 절정의 경지에 이르렀을 때에야 비로소 마정승기가 체내에 생성되는 것이다.

그렇다고 해서 사도 고수가 절정에 이르면 사도정기가, 요계 고수는 요도정기가 생기는 것은 아니다. 오직 마도인만이 마정승기를 생성시키고 지닐 수가 있다.

마정승기는 다른 말로 마강(魔罡)이라고도 부른다.

즉, '마도의 강기' 라는 뜻이다.

말하자면 마정승기는 무시무시한 강기인 것이다.

설란요백은 이날까지 마정승기를 지닌 인물을 한 번도 본 적이 없었다.

단지 그런 것이 있다는 말만 들었을 뿐이다. 그런데 지금 이 자리에서 보게 된 것이다.

무가내 정도의 고수라면 능히 마정승기를 생성시킬 수 있을 것이다.

하지만 그는 그런 것이 존재한다는 자체를 모르고 있기 때문에 만들어내지 않았다.

'이들이 대체 누구기에……'

설란요백은 놀라움을 삼키면서 새삼스러운 시선으로 두 흑삼인을 살펴보았다.

마정승기를 지니고 있다면 사독요마 사십 인보다 상급의 고수가 분명할 텐데, 아무리 생각해 봐도 이들이 누군지 떠오르지 않았다.

"요백 할매, 이들에게 마음 있어? 소개해 줄까?"

그녀가 두 흑삼인에게서 시선을 떼지 못하는 것을 보고 무가내가 빙그레 웃으면서 농을 던졌다.

어색한 미소로 놀라움을 슬며시 감추고 나서 설란요백은 정중히 보고를 시작했다.

"보고드릴 내용은 두 가지입니다. 첫째, 대천신등의 첩자들이 중원의 다른 지역에서도 지도를 만들고 있는 것이 포착됐습니다."

무가내는 턱을 주억거렸다.

"음, 역시 그렇군."

그렇다면 대천신등이 중원을 재침공하려는 것이 거의 확실하다는 뜻이다.

무가내가 아무 말이 없자 설란요백이 보고를 이었다.

"또 하나 보고드릴 것은, 본 방이 은둔해 있을 장소를 확보

했다는 것입니다."

"음, 그래? 어디야?"

설란요백이 힐끗 두 흑삼인을 경계하듯 쳐다보자 무가내는 고개를 끄덕였다.

"말해도 괜찮아."

정협맹과 대천신등이 한바탕 전쟁을 치르는 동안 무적방이 은둔해 있을 장소는 극비여야 한다.

그런데도 무가내가 두 흑삼인이 들어도 괜찮다고 말하자 설란요백은 그들의 정체에 대해서 더욱 짙은 궁금증을 느낄 수밖에 없었다.

"섬입니다."

"섬?"

설란요백의 말에 무가내는 슬쩍 눈살을 찌푸렸다. 십칠 년 동안 지겹도록 섬에서만 살다가 겨우 중원에 나왔는데 다시 섬에서 살아야 한다고 생각하자 가슴이 답답해졌다.

설란요백은 무가내의 마음을 짐작한다는 듯 담담하게 미소를 지었다.

"섬은 섬이되, 산중도(山中島)입니다."

"산중도? 그럼… 그거 산속에 섬이 있다는 뜻인가?"

그동안의 공부가 헛되지 않아서 이 정도의 말은 알아들을 수 있다.

"그렇습니다."

"어떻게 그럴 수 있지?"

그러나 어떻게 산속에 섬이 있을 수 있는가. 거기까지는 짐작할 수가 없었다.

"절강 천대산 첩첩산중에서 발견한 산중의 섬입니다. 보시면 주군께서도 마음에 드실 것입니다."

무가내는 호기심 어린 표정을 지었다.

"산중에 있는 섬이라니, 신기하군. 빨리 가보고 싶다."

그의 입가에 신선한 웃음기가 매달렸다.

"하하! 더구나 천대산이면 내가 처음 중원에 왔을 때 헤맸던 산이야! 다시 가보고 싶구나!"

"하명하시면 속하가 즉시 모시겠습니다."

그렇게 말하고 설란요백은 무가내의 분부를 기다렸다.

정협맹과 대천신등이 전쟁을 벌이는 동안 숨어 있다가 나중에 나와서 어부지리를 얻자고 말한 사람은 무가내였고, 설란요백에게 무적방 전체 식구가 한꺼번에 모여서 짧게는 몇 달, 길게는 몇 년 동안 지낼 수 있는 은둔할 장소를 물색하라고 명령한 사람도 무가내였었다.

설란요백이 방금 무가내에게 보고한 천대산 산중도는 예전에 그녀가 우연한 기회에 발견한 장소였다.

무가내의 명령을 받는 즉시 그곳이 떠올랐고, 그 즉시 항주성에 있는 선화루, 아니, 요마군 휘하의 수하에게 그곳에 가보고 이상이 없는지 확인해 보라고 지시했다.

이후 아직도 예나 변함이 없다는 보고를 받고는 비로소 무가내에게 보고를 한 것이다.

"응, 그 얘기는 나중에 하지."

그런데 뜻밖에도 무가내는 어서 은둔 장소에 가자고 하거나 수하들을 그곳으로 이동시키라고 명령하는 대신 나중에 이야기하자고 말했다.

설란요백은 의아한 표정으로 그를 쳐다보았다.

무가내는 그녀에게서 시선을 거두고 조금 전처럼 야공의 반월을 응시하고 있었다.

설란요백은 힐끗 두 흑삼인을 쳐다보았다.

두 흑삼인은 처음이나 지금이나 설란요백에겐 눈길 한 번 주지 않은 채 무가내만 주시하고 있었다.

하지만 누구보다도 경험이 풍부한 설란요백은 무가내가 결정을 미룬 이유가 두 흑삼인 때문이라는 사실을 직감했다.

"요백 할매, 잠시 물러가 있어."

결국 물러가라는 무가내의 명령이 떨어져서야 설란요백은 가슴속에 궁금증을 가득 안은 채 그 자리를 떠났다.

잠시 후, 무가내는 야공에 시선을 고정시킨 채 조용히 입을 열었다.

"왜 말린 거지?"

뜬금없는 말.

그러나 사실 조금 전에 무가내는 설란요백에게 내일 아침

날이 밝는 대로 출발하자고 말하려 했었다.
 바로 그때 청수한 흑삼인이 전음으로 그를 만류했던 것이다.
 "대천신등에 대해서 더 자세하고 확실한 정보를 들으신 후에 결정을 내리시라는 뜻입니다."
 "더 자세하고 확실한 정보?"
 "그렇습니다. 그것은 잠시 후에 말씀드리겠습니다."
 두 흑삼인은 자세를 바로 하고 옷매무새를 고쳤다.
 "소인들의 신분을 말씀드리겠습니다."
 상식대로라면 무가내가 처음 두 흑삼인을 만났을 때 궁금해서라도 먼저 그들의 신분을 물었어야 했다.
 그런데 아무리 기다려도 물을 기미가 보이지 않자 결국 두 흑삼인은 스스로 자신들의 신분을 밝히려는 것이다.
 그들은 오래전부터 무가내를 지켜봤기 때문에 그가 괴짜라는 사실을 잘 알고 있었다. 하지만 이 정도까지일 줄은 몰랐었다.
 그렇지만 그것은 무가내의 버릇 중에 하나다. 귀찮게 묻지 않아도 때가 되면 상대가 알아서 말해줄 것이다, 라고 느긋하게 기다리는 버릇이었다.
 두 흑삼인은 꼿꼿한 자세로 서서 무가내의 등을 응시했다.
 이윽고 청수한 흑삼인이 조용히 입을 열었다.
 "주인님께서는 서른여섯 명의 심복 수하가 있었습니다. 세상 사람들은 그들을 삼십육마영(三十六魔影)이라고 불렀습니다."

무가내는 삼십육마영에 대해서 균현에게 잠깐 들은 적이 있었다.

대마종의 충성스러운 그림자들. 일명 '대마호위대(大魔護衛隊)'라고도 불렸었다.

사마총혈계의 모든 고수들이 대마종을 '주군'으로 모시는 것에 반해서 삼십육마영은 '주인'으로 섬겼었다.

그들은 제이차 혼천대전 당시에 대마종을 호위하고 나가서 이십칠 명이 장렬하게 전사했었다.

무가내가 삼십육마영에 대해서 알고 있는 것은 그 정도에 불과했다.

그렇다면 삼십육마영은 현재 아홉 명이 남아 있을 것이다.

그때 청수한 흑삼인의 말이 이어졌다.

"현재 살아남은 마영은 네 명입니다."

무가내가 천천히 돌아섰다.

"아홉 명이 아니었나?"

"제이차 혼천대전에서는 분명히 아홉 명이 살아남았었습니다만……."

"다만?"

"별유선당 사건 때 다섯 명이 죽었습니다."

동료의 죽음을 그는 무심한 어조로 설명했다.

무가내의 눈빛이 가볍게 흔들렸다.

균현이 얘기한 것과 다르기 때문이다. 균현은 별유선당에 대마종과 사대종사 다섯 명만 갔다고 말했었다.

하지만 그 의문은 청수한 흑삼인의 설명으로 풀렸다.

"원래 주인님께선 사대종사만을 대동하신 채 별유선당으로 가셨지만 소인들은 암암리에 먼발치에서 주인님을 미행했었습니다."

전혀 뜻밖의 내용이었다.

대마종은 사마총혈계 총단에 남아 있으라고 명령했으나 그들은 불복했다는 것이다.

나중에 명령 불복종에 대한 벌을 받는 한이 있더라도 대마종을 호위하려는 갸륵한 충심 때문이었다.

"과연 소인들이 염려했던 대로 주인님께선 정협맹의 함정에 빠지셨고 마침내는 사대종사를 살리기 위해서 주인님 스스로 함정에 남으셨습니다."

별유선당에 갇힌 절망의 순간에 대마종은 인간 최후의 잠재력이라는 원진력까지 끌어내서 천마신위강을 발휘, 철벽을 뚫고 기적적으로 탈출했었다.

그러나 얼마 도주하지 못하고 정협맹주 태무천을 비롯한 열다섯 명에게 포위를 당했다.

그곳에서 대마종은 여전히 천마신위강을 전개할 수 있는 것처럼 가장하면서 정협맹 고수들을 위협, 사대종사를 탈출시켰었다.

 그러나 그 대신 자신은 혼자 그곳에 남아 죽음을 기다려야만 하는 절박한 처지에 놓이고 말았었다.

 바로 그때 아홉 명의 그림자, 즉 구마영(九魔影)이 들이닥쳐 바깥에서부터 포위망을 깨뜨리고 대마종을 구해 필사의 도주를 시작했다.

 결국 대마종은 큰 중상을 입은 상태에서 가까스로 탈출에 성공할 수 있었다.

 하지만 그 과정에서 구마영 중에 다섯 명이 죽고 말았다.

 제이차 혼천대전에서 그랬던 것처럼, 그들은 다시 자신들의 목숨을 던져 대마종을 살려냈던 것이다.

 "현재 삼십사마영(三十四魔影)이 대부인을 호위하고 있으며, 이십구마영(二十九魔影)은 서장(西藏)에 있습니다. 그리고 소인들은 팔마영(八魔影)과 십오마영(十五魔影)입니다."

 청수한 흑삼인이 팔마영, 용맹한 외모의 흑삼인이 십오마영이었다.

 "소인, 팔마영, 십오마영. 소주를 뵈옵니다."

 두 흑삼인 팔마영과 십오마영은 정식으로 주인을 알현하는 예의를 갖추며 그 자리에 부복했다.

 무가내는 물끄러미 두 사람을 굽어보았다.

 그의 짙고 굵은 검미가 꿈틀거리고 목젖이 약간 오르내렸다.

두 흑삼인이 대마종의 수하였다는 사실을 알고 나서부터 애써서 참고 있던 가슴속 감정의 물꼬가 팽창하면서 터지려 하고 있었다.

오악도에서는 아예 부모니 혈연 같은 것에 눈곱만큼도 관심이 없었다.

그랬는데 중원에 와서 여러 사람들과 부대끼면서 부모나 형제, 친척 같은 것이 무엇인지 자연스럽게 알게 되었다.

그리고 대마종과 관계가 있는 균현을 만나 그에게 전대의 많은 이야기들을 듣고 여러 정보들을 접하면서 그의 마음속에 하나의 가능성이 조심스럽게 싹트기 시작했었다.

'어쩌면 대마종이 아버지일지도 모른다.'

…라는 추측이었다.

그는 바보가 아니다.

그가 하나씩 차례차례 알게 되는 사실들이 거의 모두 그와 대마종을 질긴 끈으로 엮고 있는데도 그런 추측을 하지 않을 수가 없었다.

아무에게도, 심지어 은예상에게도 표현한 적이 없었지만, 언젠가부터 그는 정말로 부모가 보고 싶어지기 시작했었다.

무가내가 언제까지나 오악도의 막무가내 천방지축 무가내일 수만은 없는 것이다.

오악도에서는 아무것도 모르는 철없는 무가내였지만, 지금은 '인간'이 무엇인지 조금은 알게 되었다.

그런데 지금 그의 발아래 오랫동안 부모를 모셨던 두 명이 부복한 채 예를 취하고 있다.

무가내는 잠시 팔마영과 십오마영을 굽어보다가 이윽고 조용히 말문을 열었다.

"서장에는 왜 간 것이지?"

그런데 그의 입에서 나온 첫마디는 팔마영과 십오마영의 예상을 뒤엎었다.

두 사람은 그의 첫마디가 당연히 부모에 관해서일 것이라고 생각했었다.

그래야만 정상이다. 하지만 그는 이번에도 여지없이 상식을 깨뜨렸다.

두 사람은 자신들이 생각했던 것보다 무가내가 더 괴팍한 성격이라고 판단했다.

하지만 그들은 모르고 있다. 무가내의 괴팍함 깊은 곳에는 한 번도 드러내지 않은 소년다운 수줍음과 쑥스러움이 꽁꽁 감추어져 있다는 사실을.

"이십구마영은 대천신등을 조사, 감시하러 십칠 년 전에 서장에 갔습니다."

"십칠 년 전에?"

무가내는 뜻밖이라는 표정을 지었다. 십칠 년 전이라면 그가 태어나 사대종사의 품에 안겨 오악도로 들어갔던 해다.

그러나 궁금할 텐데도 그는 또 가만히 있었다.

팔마영은 그의 성격에 적응을 했는지 즉시 말을 이었다.

"주인님의 명령이셨습니다. 이십구마영은 지난 십칠 년 동안 대천신등에 대해서 조사한 것들을 꼬박꼬박 소인들에게 보내왔습니다. 그 문서들은 이제부터 소인이 소주를 모시고 갈 장소에 보관되어 있습니다."

그는 자신들이 안내하는 곳에 무가내가 당연히 갈 것이라는 듯 말하고 있었다.

"지금은 많은 것을 말씀드리지 못합니다만, 그곳에 가시면 새로운 사실들을 알게 되실 것입니다."

무가내는 수염도 없는 맨들맨들한 턱을 쓰다듬으며 중얼거리듯이 말했다.

"나는 정협맹과 대천신등을 싸움 붙여놓고 숨어 있다가 나중에 어부… 를 노릴 거야."

두 마영은 무가내가 어부… 라고 얼버무린 말을 '어부지리'로 해석해서 알아들었다.

무가내는 두 사람이 알아듣든 말든 개의치 않고 계속 말을 이었다.

"방금 네가 말한 그 장소에 가서 문서라는 것을 보면 내 계획이 바뀔 수도 있는 것이냐?"

"그렇습니다."

"흠."

무가내는 콧소리를 내며 고개를 끄덕였다. 자신이 다음에 물을 말에 대해 알아서 대답하라는 무언의 종용이었다.

팔마영과 십오마영은 부복한 이후 한 번도 바닥에서 이마를 떼지 않았다.

"지금보다 더 나은 계획이 될 수도 있을 것입니다."

"음."

무가내는 낮은 소리를 내며 팔짱을 꼈다.

그는 팔마영과 십오마영이 자신을 계속해서 '소주'라고 부르면서 종처럼 행동하는 것에 대해서 가타부타 아무 말도 하지 않고 있다.

하지만 팔마영과 십오마영은 알고 있었다. 그가 아직 자신들을 수하로, 아니, 종으로 인정하지 않고 있다는 사실을.

그리고 무가내와 자신들 사이에는 십칠 년이라는 긴 세월과 생면부지의 부모, 그리고 종이라는 높고도 튼튼한 벽이 가로막혀 있다는 사실을 그즈음 어렴풋이나마 짐작할 수 있게 되었다.

팔마영은 여전히 이마를 땅바닥에 댄 채 조심스럽게 입을 열었다.

"소주께서 그곳에 가시면 대부인을 만나 뵈올 수 있습니다."

엎드려 있기 때문에 무가내가 어떤 반응을 보였는지는 알 수가 없다.

다만 그 말이 무가내를 그 장소로 인도하는 데 보탬이 되기를 바랄 뿐이었다.

아니, 무가내를 그 장소로 인도해야 하는 가장 큰 이유는 그와 대부인을 상봉시키기 위해서이다.

사실 무가내는 팔마영의 예기치 않은 그 말에 움찔 놀라는 표정을 지었다.

자신의 의지와는 상관없이 몸이, 아니, 정신이나 마음, 혈육의 정, 그런 것들이 제멋대로 반응을 한 것이다.

그때 무가내는 갑자기 기이한 기분에 사로잡혔다.

머리가 멍하다가 한순간 느닷없이 청명하게 맑아지는 듯한 느낌이었다.

그는 자신의 부모가 누군지 만나보고 싶었었다.

그리고 이제 그 부모가 있는 곳을 알게 됐다. 그렇다면 그냥 그곳에 가면 되는 것이다.

복잡하게 생각할 것도 그럴 이유도 없는 것이다.

이윽고 그는 고개를 끄덕였다.

"그래, 가자."

팔마영과 십오마영은 동시에 번쩍 고개를 들고 무가내를 올려다보았다.

무가내의 싱그럽게 미소 짓고 있는 얼굴이 보였다.

"내일 아침에 날이 밝는 대로 출발하겠다."

설란요백의 설명을 듣고 난 균현은 한동안 곰곰이 생각에 잠겨 있다가 갑자기 크게 놀라는 표정을 지으면서 낮은 탄성을 터뜨렸다.
"아!"
설란요백은 기대하는 표정으로 균현을 쳐다보았다.
균현과 설란요백 두 사람이 있는 곳은 무가내 일행이 묵고 있는 객잔에서 하류 쪽으로 오 리 정도 떨어진 강가의 잡목 숲 속이었다.
균현은 조금 전에 이곳에 도착했다.
설란요백은 무가내와 함께 있던 두 명의 흑삼인에 대해서 곰곰이 생각하고 있다가 그때 마침 도착한 균현에게 자세히 설명해 준 것이다.
"누군지 알겠나?"
"음… 그들이 틀림없는 것 같습니다."
균현은 놀라움을 감추려고도 하지 않고 중얼거렸다.
"누군가?"
균현은 뜸들이지 않고 대답했다.
"그들은 삼십육마영이 분명합니다."
"아!"
그러자 설란요백도 방금 전의 균현과 같은 낮은 탄성을 터뜨렸다.
균현의 말을 듣고 보니 과연 삼십육마영이 틀림없는 것 같았다. 아까는 왜 그 생각이 나지 않았는지 모를 일이다.

"그들이 아직까지 살아 있다니……."

균현의 얼굴에 감회의 기색이 은은하게 서렸다.

물론 균현이나 설란요백은 과거에 삼십육마영 중에서 한 명도 본 적이 없었다.

하지만 그들이 얼마나 고강하고 신비한 절정고수들인지는 소문으로 익히 들어 알고 있었다.

대마종은 삼십육마영을 제외한 아무에게도 자신의 무공을 가르친 적이 없었다.

삼십육마영 각자는 마도 무공의 정수(精髓)라고 할 수 있는 대마종의 절학으로 무장된, 사실상 마도 최강의 고수라 할 수 있다.

한 명의 사나이 마군황 독고중천이 천하의 사독요마를 일통시키고 사마총혈계를 만들어 대마종의 지위에 오르기까지 암중에서 전력으로 도운 인물들이 바로 삼십육마영이었다.

사마총혈계의 모든 사람들은 독고중천이 대마종이 된 후에 그 사실을 알게 되었다.

하지만 삼십육마영은 독고중천이 그 이전부터 거느리고 있던 분신 같은 심복들인 것이다.

"누님, 주군을 찾아온 것은 두 명뿐이었습니까?"

무슨 은밀한 비밀이라도 되는 것처럼 균현이 속삭이면서 묻자 깊은 생각에 잠겨 있던 설란요백은 건성으로 말없이 고개만 끄덕였다.

설란요백은 아까의 일을 생각하고 있었다. 그녀가 무적방이 은둔해 있을 장소인 산중도에 대해서 보고했을 때 무가내는 명령을 보류했었다.

이제 생각해 보니 아무래도 그 이유가 삼십육마영 때문인 것 같았다.

무슨 이유에서인지는 모르지만 그들이 연관되어 있는 것은 분명했다.

"누님, 삼십육마영이 몇 명이나 살아 있을까요?"

균현이 무가내가 있는 객잔 쪽을 쳐다보며 다시 조심스럽게 물었다.

몰라서 묻는 것이 아니라 자신의 기억이 정확한지 확인하는 것이었다.

"글쎄… 제이차 혼천대전 때 이십칠 명이 죽고 아홉 명이 생존하지 않았느냐?"

"그렇지요?"

균현은 반색을 했다. 그는 새 장난감을 받은 어린아이처럼 기쁜 얼굴이었다.

"마영이 주군을 찾아왔다는 것은, 주군이 대마종의 혈육이라는 뜻이 아니겠습니까?"

설란요백은 고개를 끄덕였다.

"마영의 눈은 정확하겠지. 우리가 예상했던 대로 주군은 대마종의 친아드님이 틀림없었어."

"주군께선 대마종의 직계인 정통 계보입니다, 누님."

균현은 좀처럼 흥분이 가시지 않았다.

"허헛! 아홉 명의 마영이 주군의 수하가 된다면 천군만마를 얻은 것이나 다름이 없습니다."

균현은 그 옛날 삼십육마영이 마군황 독고중천을 도와 천하의 사독요마를 일통했던 일을 새삼스럽게 떠올리고 있었다.

그러므로 지금도 구마영이 무가내를 돕는다면 새로운 역사를 창조할 수 있을 것이라는 생각이었다.

그는 설란요백이 심각한 표정을 짓고 있는 것을 보고 의아한 표정을 지었다.

"왜 그러십니까?"

"아냐."

설란요백은 고개를 가로저었다.

그때 그녀의 표정이 가볍게 변하더니 앉아 있던 납작한 바위에서 일어섰다.

"가세. 주군께서 부르시는군."

그녀는 방금 무가내로부터 즉시 오라는 전음을 받았다.

두 사람은 즉시 어둠을 가르며 객잔을 향해 쏘아갔다.

잠깐 다녀오겠다면서 객잔 밖에 나갔다가 돌아온 무가내는 어딘가 좀 이상했다.

무공 연마를 하고 있다가 그를 보고 반갑게 다가오는 은예상과 요마낭을 한 번 힐끗 쳐다보고는 아무 말도 하지 않고 곧장 창가로 다가가 일각이 넘도록 줄곧 어두운 창밖만 내다보고 있는 것이다.

 두 여자는 나란히 서서 무가내의 뒷모습을 바라보았다.

 은예상은 참을성있게 단아한 모습으로, 요마낭은 초조한 얼굴로 무가내가 입을 열기를 기다렸다.

 침묵은 꽤 오래 지속됐다.

 두 여자는 평소 무가내답지 않은 모습을 꽤 오랫동안 지켜보며 마음을 졸여야만 했다.

 아무리 무가내라고 해도, 또한 팔마영과 십오마영에게 내일 출발하겠다고 말을 해놨어도, 십칠 년의 세월을 단번에 건너뛰는 일은 생각처럼 그리 쉽지 않았다.

 내 부모는 어떤 사람일까?

 어째서 핏덩이인 나를 버리듯이 사대종사에게 맡긴 것인가?

 대마종이라는 아버지는 아직 살아 있는 것인가? 아니면 죽었을까?

 어머니는 아들을 사대종사에게 주고 슬퍼했을까? 그동안 나를 보고 싶어했을까?

 그런 수많은 의문들이 꼬리를 물고 피어나는 것을 무가내로서도 어쩔 도리가 없었다.

사실 그는 자신의 내면에서 갑자기 이런 일들이 한꺼번에 용솟음치자 적잖이 당황하고 있는 중이었다.

그러다가 문득 자신의 그런 모습을 발견하고 어이없다는 표정을 지었다.

'이런 빌어먹을! 내가 왜 이러는 거지?'

그는 머리를 한 번 가볍게 흔들면서 아랫배에 불끈 힘을 주고 헛기침을 했다.

"엇험!"

그것으로 골치 아픈 것들을 다 날려 버리려는 듯 약간 과장된 몸짓까지 하면서 빙글 몸을 돌리며 낮게 웃었다.

"하하하! 상아!"

두 여자는 깜짝 놀라 그 자리에서 움직이지 않은 채 그를 바라보았다.

무가내는 성큼성큼 걸어와 은예상 앞에 서서 한 팔로 그녀의 허리를 안으며 웃음을 그치지 않았다.

"하하! 내일 이른 아침에 먼 길을 떠날 거야!"

은예상은 그의 가슴에 두 손을 대고 얼굴을 올려다보며 방그레 미소를 지었다.

"어디로 갈 건가요?"

요마낭은 은예상 곁에서 눈을 별처럼 빛내며 호기심 어린 표정으로 무가내를 바라보고 있었다.

무가내는 헛웃음이라도 자꾸 웃으니까 거짓말처럼 마음속

의 혼란스러움이 사라지는 것을 느꼈다. 그래서 그때부터는 정말로 웃었다.

"하하하! 어머니에게!"

은예상은 자신의 귀를 믿지 못하는 듯 큰 눈을 더욱 크게 뜨고 무가내를 바라보았다. 하지만 너무 놀라서 아무 말도 하지 못했다.

"하하하하! 어머니를 찾았어! 상아, 너와 함께 어머니를 보러 갈 거야!"

그녀는 눈을 깜빡거리며 무가내를 바라보았다. 까만 눈동자가 이리저리 흔들렸다.

그렇게 잠시가 지나서야 무가내의 말을 알아들은 그녀의 얼굴에 가득 놀라움이 떠올랐다가 다시 더할 수 없는 기쁨으로 변했다.

"아아! 균 연숙께서 마침내 어머니를 찾아내셨군요!"

그녀는 무가내의 취봉패를 단서 삼아서 균현이 그의 어머니를 찾아냈을 것이라고 짐작했다.

그녀는 얼마나 기쁜지 구슬 같은 눈물을 흘리면서 몸까지 가늘게 떨었다.

그녀는 누구보다도 무가내를 잘 알고 있는 사람이다. 어떤 면에서는 무가내 본인보다도 그에 대해서 더 잘 알고 있을지도 모른다.

무가내는 부모에 대한 마음이 미처 정립되지 않은 채 혼란스러울지 몰라도, 줄곧 곁에서 지켜본 은예상은 그가 부모를 많이 그리워했었다는 사실을 잘 알고 있었다.

그런데 마침내 그의 어머니를 찾았으며 이제 곧 만날 수 있다고 하니 이보다 더 기쁜 일이 어디에 있겠는가.

"정말 다행이에요……! 너무 잘됐어요……!"

은예상은 너무 기뻐서 무가내 가슴에 얼굴을 묻고 어깨를 들먹이며 울었다.

무가내는 그녀를 번쩍 들어 올려 빙글빙글 돌리며 어린아이처럼 떠들어댔다.

"하하하! 어머니에게 내 색시를 보여줄 거야!"

요마낭은 무가내의 부모에 대해서 잘 모르지만 두 사람이 기뻐하는 모습을 보고 덩달아 좋아서 어쩔 줄 몰라 했다.

객잔 입구로 막 들어서고 있던 균현과 설란요백의 귀에 무가내의 웃음소리가 천둥처럼 크게 들렸다.

두 사람은 그 자리에 멈추어 서로의 얼굴을 쳐다보았다.

'어머니?!'

그들은 속으로 똑같이 그렇게 외쳤다.

난데없이 어머니라니, 두 사람의 머리가 빠르게 회전하기 시작했다.

그리고 결국 똑같은 결론을 내렸다.

'마영이 대부인의 소식을 가지고 왔군!'

잠시 후 균현과 설란요백은 무가내로부터 명령을 받았다.
 "나는 내일 이른 아침에 상아, 낭아와 함께 낙양으로 출발하겠다. 배를 준비해라. 그리고 무적방 전원은 천대산 산중도에서 쉬고 있도록 해. 균현과 요백 할매는 따로 낙양으로 오도록 해."

第六十七章
비참한 무림제일미

한 척의 배가 한겨울의 차가운 공기를 가르면서 수면 위를 미끄러지고 있다.

그날 동이 트자마자 무창성 인근의 작은 포구를 출발하여 장강 상류를 거슬러 오른 배는 한 시진 만에 장강을 버리고 한수(漢水)로 들어섰다.

배는 그다지 크지도 작지도 않은 아담한 크기였다.

배의 앞쪽과 뒤쪽에는 각기 두 채의 작은 전각 형태의 이층 건물이 있고, 두 건물은 이층에서 아담한 운교로 이어져 있으며 양쪽 도합 아홉 개의 방이 있다.

또한 갑판 아래에는 선원들이 사용하는 여러 개의 방과 창고, 식당 등이 있다.

 배는 겉으로는 상선(商船)처럼 보였다. 다섯 개의 크고 작은 돛은 보통 크기의 다른 배보다 두 배 이상의 속도를 내게 했으며, 유사시를 대비하여 여러 명이 노를 저어 더 빨리 달릴 수도 있다.

 배에는 무가내와 은예상, 요마낭 세 사람. 그리고 하녀와 요리사, 선원 열 명까지 도합 십삼 명이 타고 있다.

 일단 눈에 보이는 사람만 그렇다.

 절대 사람들 눈에 띄지 않는 두 명이 더 타고 있지만 그 사실을 알고 있는 사람은 무가내 혼자뿐이다.

 무가내와 은예상은 배에서 아침 식사를 한 이후 앞 건물 위에 아담하게 만들어져 있는 누각에서 차를 마시며 경치를 구경하고 있었다.

 차가운 겨울의 강바람이 불었지만 은예상은 양 뺨이 발갛게 얼었으면서도 춥다는 소리를 하지 않았다.

 무가내가 임독양맥을 소통시켜 주어 선천적인 고질병을 깨끗이 낫게 해주었고, 심법을 익혀 이미 수십 차례 운공조식을 했다고는 하지만, 아직 한겨울 추위를 견뎌낼 만한 건강한 체력을 만들지 못한 은예상이다.

 "이제 다 깨우쳤어요."

 그녀는 뽀얀 입김을 뿜어내면서 무가내를 바라보며 방그

레 미소 지었다.

"벌써? 호오… 우리 상아, 보기보다는 똑똑한데?"

무가내는 곰 가죽으로 온몸을 감싸고 배꽃처럼 하얀 얼굴만 빼꼼하게 내놓은 은예상을 보며 짐짓 기특하다는 표정을 지어 보였다.

"똑똑한 것은 풍 랑 닮았나 봐요."

"응. 그런 것 같군. 사실 내가 무지 똑똑하거든."

무가내는 고개를 끄덕이며 너스레를 떨었다.

아침 식사 후 이곳에 올라온 무가내는 그동안 틈나는 대로 구결을 전수해 주었던 천마신위강의 마지막 부분을 은예상에게 풀이해 주었다.

틈나는 대로라고 해도 다 합쳐 봐야 사흘이 채 되지 않는 짧은 시간이었다.

그런데 그녀는 사흘 동안 천마신위강의 구결을 다 외우고 난해한 내용까지도 모두 이해해 버렸다.

몹시 똑똑한 사람이라고 해도 천마신위강의 구결을 외우는 데에만 보름은 족히 걸리고, 이해하는 데에는 서너 달 이상이 걸린다.

그로 미루어 은예상이 얼마나 비상한 두뇌를 지녔는지 능히 짐작할 수가 있다.

무가내는 은예상이 천마신위강을 연공할 것이라고는 기대하지 않고 전수해 주었다.

다만 그것을 익혀서 지금보다 몸이 더 건강해졌으면 하는 소박한 바람을 갖고 있을 뿐이다.

무가내는 한 팔로 은예상의 어깨를 안고 느긋한 얼굴로 배의 전방을 쳐다보았다.

은예상은 그의 어깨에 고개를 얹은 채 행복한 표정으로 전방의 경치가 빠르게 가까이 다가왔다가는 뒤로 스쳐 가는 것을 잠시 신기한 듯이 바라보다가 사르르 눈을 감았다.

너무 행복했다. 그래서 오랫동안 깨어나지 않는 꿈을 꾸고 있는 것만 같았다.

목숨을 바쳐도 아깝지 않은 정인이 부모의 원수마저 갚아 주었으니 이제는 더 이상 바랄 것이 없었다.

그가 천하를 쟁패하고 싶다고 하니까 그것이 이루어지기를 간절히 바라고는 있지만, 그가 천하의 주인이 아니라 한낱 초야에 묻힌 보잘것없는 범부라 해도 그녀의 사랑은 변하지 않을 터이다.

"풍 랑."

문득 그녀는 눈을 뜨고 무가내의 강인한 턱을 바라보며 꽃향기 같은 목소리를 발했다.

"응?"

"그녀는 치료된 것인가요?"

"누구?"

"적멸가인 말이에요."

무가내는 입을 다물었다. 그러나 인상을 찡그리지는 않았다. 그는 은예상 앞에서는 무슨 일이 있어도 기분이 나쁘지 않다. 아니, 나쁠 수가 없었다.

은예상은 손을 뻗어 무가내의 뺨을 부드럽게 어루만졌다.

그녀는 예전에 지금 같은 행동을 엄두도 내지 못했었다.

하지만 두 사람이 부부지연을 맺은 후로는 이것보다 더한 행동들도 아주 자연스럽게 하게 되었다.

그래서 부부지연을 맺지 않은 채 백 년을 사귀는 것보다, 단 하루를 살더라도 몸을 섞는다는 것이 서로를 훨씬 더 가깝게 만드는 것이라고 세상 사람들이 말을 하는 것이다.

"그녀를 저대로 내버려 두지 마세요."

"그 계집은 태무천의 제자다. 생각 같아서는 물에 던져 버리고 싶다."

뚝.

그의 뺨을 쓰다듬던 은예상의 손이 멈췄다.

그녀는 자세를 똑바로 하고 그윽한 눈빛으로 무가내를 바라보았다.

"풍 랑은 좋은 사람과 나쁜 사람을 어떻게 구별하지요?"

"구별?"

무가내는 곰곰이 생각하다가 이내 고개를 가로저었다.

"모르겠어. 그냥 보면 아는 것 아닌가?"

"그럴 수도 있겠지요. 그렇지만 열 길 물속은 알아도 한 길 사람의 속은 모른다는 속담도 있잖아요."

그는 손을 휘휘 저으며 잘라서 말했다.

"사독요마는 다 좋은 사람이고 정협맹 놈들은 모조리 나쁜 놈들이야."

은예상은 깜짝 놀라는 표정을 지었다.

"정말 그렇게 생각하시는 것은 아니겠지요?"

처음에는 그렇게 생각했었지만 중원 생활을 반년 이상 하다 보니까 사람이라는 것이 꼭 그렇지만은 않다는 사실을 알게 된 무가내였다.

무가내는 빙그레 웃었다.

"대체로 그렇다는 거지."

그때 누군가 누각의 계단을 다급하게 올라오는 소리가 들려서 두 사람의 대화가 끊어졌다.

"소저, 그 여자가 죽어가고 있습니다."

그녀는 하녀였는데 은예상을 보며 다급하게 아뢰었다.

은예상은 적멸가인에게 하녀 한 명을 붙여서 간호하도록 했었다. 하녀의 말은 적멸가인이 죽어가고 있다는 것이다.

"풍 랑!"

은예상이 깜짝 놀라서 벌떡 일어나며 이미 무가내의 팔을 잡고 계단으로 이끌고 있었다.

그러나 무가내는 느긋하게 계단을 내려가며 태연히 말했다.

"그녀는 아직 괜찮다."

그는 적멸가인에게 전사이체령의 수법을 걸어두었기 때문에 그녀가 근처에 있기만 하면 직접 손을 대거나 눈으로 보지 않고서도 증상을 훤히 알 수 있다.

그는 방금 하녀가 아뢰자마자 즉시 공력을 일으켜 전사이체령으로 적멸가인의 상태를 확인했던 것이다.

탁!

은예상은 무가내를 적멸가인이 혼자 침상에 누워 있는 방으로 등을 떠밀어 넣고는 문을 닫아버렸다.

"부탁해요, 풍 랑."

닫힌 방문 밖에서 그녀의 간곡한 목소리가 들리더니 곧 멀어지는 발자국 소리가 이어졌다.

'나참…….'

무가내는 방문 근처에 한동안 멀뚱히 서 있다가 이윽고 느릿하게 침상으로 걸어가 멈추었다.

침상에는 적멸가인이 해쓱한 모습으로 두 손을 가슴에 모으고 반듯하게 누워 있었다.

독에 중독됐다가 해독되고 나서 채 하루도 지나지 않은 그녀의 모습은 십 년 동안 중병을 앓고 있는 환자의 모습을 하고 있었다.

보통의 독은 해독만 되면 정상으로 돌아오지만 극정절독은 그렇지 않다.

이 독은 체내에 흡수되자마자 삽시간에 모든 기능을 마비시켜 버리기 때문에 이후에 해독을 했다고 해도 마비된 기능은 따로 손을 쓰지 않는 한 정상으로 돌아오지 않는다.

더구나 극정절독에 중독되었을 때 운공조식을 하면 독성이 더 빨리, 그리고 더 확실하게 체내에 골고루 퍼지게 된다.

그 상태에서 자신의 몸에 대한 통제력을 잃으면 온몸을 돌던 공력은 그 위치에서 그대로 굳어버린다.

그렇지만 독성은 몸의 기능이 완전히 마비된 후에도 뼈와 살을 한 움큼의 혈수로 만들어 버리고 나서야 비로소 제 할 일을 끝낸다.

적멸가인은 극정절독에 중독된 직후 운공조식을 했고, 그렇게 해서는 해독시키지 못한다는 사실을 깨닫고 필사적으로 관도를 향해 기어나가던 중에 혼절을 해버렸다.

그 상태에서도 죽지 않은 이유는 단 하나. 무가내가 그녀에게 전사이체령을 걸어두었기 때문이다.

비록 한 움큼밖에 안 되는 무가내의 진기지만, 그것은 만독불침지신의 몸에서 나온 진기다.

만약 극정절독이 아니라 보통의 독이라면 그 한 움큼의 진기 덕분에 적멸가인은 중독조차 되지 않았을 것이다.

그렇기 때문에 적멸가인이 온몸의 기능이 마비된 상태에서도 한가닥 목숨을 연명할 수 있었던 것이다.

무가내는 적멸가인을 물끄러미 굽어보았다. 초췌했으나

여전히 아름다운 미모를 지니고 있었다.
 하지만 무가내의 눈에는 독하고 차가운 계집으로밖에는 보이지 않았다.
 "좋아. 그저 살려주기만 하는 것이다."
 이윽고 그는 의자를 끌어다가 침상 옆에 앉으며 나직이 중얼거렸다.

 무가내는 적멸가인을 치료하고 나서 하녀에게 술상을 차리라 이르고는 누각으로 올라갔다.
 시중을 들겠다는 하녀를 물러가게 하고 혼자 술을 따라 여러 잔을 마시면서 경치를 구경했다.
 아니, 사실 눈은 경치를 보고 있지만 머리와 마음은 온통 머지않아서 만나게 될 어머니에 대한 생각으로 가득 차 있었다.
 그는 팔마영을 불러서 어머니에 대한 것들을 꼬치꼬치 물어볼 수도 있었지만 그러지 않았다.
 자신이 어머니에게 관심이 많은 것처럼 보이기가 싫기 때문이다. 그답지 않은 소심함이었다.
 요마낭은 갑판 아래 넓은 선실에서 오전 내내 검법 연마를 하고 나서 갑판으로 올라왔다.
 그녀는 한겨울인데도 얇은 홑옷 경장 차림이었으며, 지금은 땀에 흠뻑 젖어서 마치 물에 빠졌다가 나온 것처럼 온몸에서 김이 무럭무럭 피어났다.

쪼르르.

방으로 들어가려던 그녀는 머리 위쪽에서 물방울 떨어지는 소리가 나자 무심코 올려다보았다.

그녀의 시선이 멈춘 곳에는 무가내가 혼자 앉아서 술을 마시고 있었다. 방금 그것은 술을 따르는 소리였다.

'주군……'

그런데 그녀는 무가내를 보고는 가볍게 안색이 변했다. 그가 평소와는 전혀 다른 모습이기 때문이었다.

항상 웃는 얼굴에 덜렁거리는 모습이었는데 지금은 착 가라앉은 우수에 잠긴 표정이었다.

어린 요마낭이지만 그가 왜 그런 모습으로 앉아 있는 것인지 짐작할 수 있었다.

곧 만나게 될 어머니 때문일 것이다. 만약 요마낭이 무가내 입장이라면 저보다 더 안절부절못할 것이다.

어찌 된 일인지 무가내 곁에는 은예상이 보이지 않았다. 그래서 더 외로워 보였다.

요마낭은 자신이라도 무가내를 위로해야겠다는 생각에 누각으로 올라갔다.

그런데 그녀가 가까이 다가갔는데도 무가내는 술잔을 손에 쥐고 골똘히 생각하는 듯한 얼굴로 전방만 응시하고 있을 뿐, 그녀에게 시선을 주지 않았다.

요마낭은 조심스럽게 무가내 옆 의자에 앉았다.

평소 같으면 그에게 장난도 걸고 몸을 부대끼면서 어리광도 부리겠지만 지금은 전혀 그런 분위기가 아니라서 그녀는 가만히 앉아서 그의 눈치만 살폈다.

무가내가 술을 비우고 빈 잔을 바닥에 놓자 요마낭은 얼른 술병을 들고 공손히 술을 따랐다.

그제야 무가내는 힐끗 요마낭을 쳐다보았다.

요마낭은 기다렸다는 듯이 자신이 지을 수 있는 가장 화사한 미소를 얼굴에 가득 떠올렸다.

그러나 단지 그것뿐이었다.

무가내는 다시 술잔을 손에 들고 시선을 전방으로 향한 채 조금 전의 모습으로 돌아가 있었다.

요마낭은 조금 더 앉아 있다가 슬며시 일어나 누각에서 내려갔다. 자신이 할 수 있는 일이 없음을 깨달은 것이다.

* * *

화영은 북궁연의 부름을 받고 급히 정협총각 맹주 집무실로 달려 올라갔다.

척!

실내로 들어서자 북궁연이 창 앞에 우뚝 서서 밖을 내다보고 있는 옆모습이 보였다.

그의 얼굴은 차가운 돌덩이처럼 굳어 있었다.

화영은 그가 무엇 때문에 저토록 경직되어 있는지 짐작할 수 있었다.

필경 적멸가인의 생사 때문일 것이다.

그녀가 살았는지 죽었는지 모르는 상태에서 북궁연은 아무것도 하지 못할 것이라고 화영은 짐작했었고, 불행히도 그 짐작은 현실이 되었다.

정협맹은 제이기(第二期) 세력들이 장악했다. 그러므로 지금은 할 일이 태산처럼 많을 수밖에 없다.

그런 상황에서 맹주가 혼란에 빠져 있다면 정협맹이라는 거대한 수레는 한 바퀴도 굴러가지 못하고 멈춰 있는 상태를 유지하게 될 터이다.

화영은 무거운 마음으로 걸음을 옮겨 북궁연 뒤에 서서 정중히 입을 열었다.

"맹주."

북궁연이 움찔 놀랐다. 그로 미루어 그는 화영이 실내에 들어온 것조차 모르고 있었던 것 같았다.

얼마나 깊은 생각에 잠겨 있으면 그 같은 절정고수가 사람이 들어오는 것도 모르고 있을 수 있는지 화영은 마음이 더욱 착잡해졌다.

제아무리 천하를 쥐락펴락하는 일대영웅이라고 해도 한 여자에 의해서 좌우될 수도 있다는 사실이 화영을 우울하게 만들었다.

"영 제, 자네에게 부탁 하나 해야겠네."

화영을 쳐다보며 말하는 북궁연의 두 눈에 시뻘겋게 핏발이 곤두서 있었다.

호위 고수의 말에 의하면, 그가 닷새 동안 한숨도 잠을 못 이루었다던데 사실인 것 같았다.

"말씀하십시오."

북궁연은 사석에서 스스럼없이 화영을 아우로 대한다. 화영도 그를 '형' 이라 부르지만, 그런 경우는 술이 아주 많이 취했을 때뿐이다.

"풍정감단과 정영고수 백 명을 이끌고 사매를 찾아주게."

화영은 가볍게 놀라는 표정으로 북궁연을 쳐다보았다.

말은 하지 않았지만 그는 얼굴 표정으로 그럴 수 없다는 의사를 보였다.

닷새 전에 그 길고도 진지한 토론 끝에 모두들 적멸가인이 이미 죽은 것으로 잠정적 결정을 내렸었다.

그런데 북궁연은 이미 끝난 일로 닷새 동안 잠을 못 이루며 고심을 하더니, 이제는 정협맹 총단의 최고위 핵심 조직인 삼정감단 중에서 풍정감단과 최정예 고수인 정영고수 백 명에게 적멸가인을 찾으라는 부탁을 하고 있는 것이다.

그녀는 전대 정협맹주인 무적검절 태무천의 제자이고 북궁연의 사매일 뿐이지, 정협맹 내에서는 아무런 지위나 영향

력도 갖고 있지 않다.

또한 그녀가 정협맹 내에서 차지하고 있는 비중도 그리 크지 않기 때문에 거의 죽은 것이 확실한 그녀를 지금 와서 찾으려고 정협맹 핵심 세력을 다수 출동시키는 것은 바람직하지 않은 일인 것이다.

화영도 적멸가인을 남몰래 연모하고 있었다. 불과 며칠 전이었지만, 그때는 자신이 북궁연보다 더 많이 적멸가인을 사랑한다고 믿었었다.

그러나 적멸가인이 죽었을 것이라고 믿게 된 이후부터 그녀에 대한 두 사람의 사랑은 극명하게 갈렸다.

화영은 가슴이 찢어지는 아픔을 겪은 후에 적멸가인을 잊어버릴 수 있었다.

하지만 북궁연은 그녀가 살아 있을 때보다도 지금 이 순간 그녀를 더욱 사랑하게 되었다.

그러므로 세상의 일이란 닥쳐 봐야 알 수 있는 것이다.

북궁연은 화영의 마음을 읽었다. 그래서 조건을 내걸었다.

"자네가 부탁을 들어주면 지금 이 시간부터 나는 맹주로서의 직분에 충실할 것을 약속하겠네."

화영은 적이 놀라는 얼굴로 북궁연을 쳐다보다가 이윽고 고개를 숙였다.

"명을 받들겠습니다."

북궁연은 부탁을 했지만 화영은 명령으로 받들었다.

화영은 적멸가인이 이미 죽었을 것이라고 믿고 있으나, 자신이 한동안 헛수고를 하더라도 북궁연에 의해서 정협맹이 제대로 굴러갈 수 있기를 바라는 마음이 간절했다.

*　　*　　*

적멸가인은 몸이 완전히 치료되고 나서 나흘 만에야 비로소 무가내를 만나야겠다고 결심을 했다.
나흘 동안 그녀는 방에서 한 걸음도 밖으로 나가지 않았다.
자신이 처한 상황에 대해서 심사숙고하느라 그랬다.
그녀가 깨어나서 처음 깨달은 것은 아직 자신이 살아 있다는 사실이었다.
그 직후에 침상에서 벌떡 일어나 습관적으로 운공조식을 시도하려다가 자신의 무공이 깡그리 사라졌다는 사실을 깨닫게 되었다.
무공이 폐지된 것이다. 그녀에게 그 충격은 실로 엄청난 것이었다.
사실 그녀는 지난 나흘 동안 그 충격 속에 빠져서 허우적거렸었다.
무인이 무공을 잃었다는 것은 죽음보다 더한 형벌이다.
하늘이 무너지는 충격과 절망을 느꼈다. 그래서 적멸가인은 당연히 제일 먼저 죽음, 즉 자결을 생각했다.

먹이를 잡지 못하는 맹수는 더 이상 맹수가 아니다. 가장 높은 하늘로 떠올라서 가장 낮은 곳의 먹이를 향해 쏘아 내리지 못한다면 더 이상 독수리가 아니다.

그녀는 더 이상 적멸가인이 아니라 그저 한 사람의 평범한 여자 한정(韓貞)일 뿐이다.

처음에 죽음에 대해서 생각했을 때 그녀는 한 치의 두려움이나 미련도 없었다.

그녀는 다섯 살 어린 나이에 무적검절 태무천의 제자가 되어 십칠 세가 된 지금까지 무공 이외의 것에는 한눈을 팔아보지 않았었다.

말하자면 무공 외에는 아는 것이 전혀 없다는 얘기다.

무공이, 그리고 그에 관계되는 일들이 그녀의 전부였다.

그런데 그것을 한순간에 깡그리 잃어버린 것이다. 그렇기 때문에 그녀가 제일 먼저 죽음을 떠올린 것은 전혀 이상한 일이 아니다.

어떤 방법으로 자결을 할 것인지를 고민하던 그녀의 뇌리를 스치는 무엇인가가 있었다.

복수.

그렇다. 자신을 이토록 비참하게 만든 무가내에게 복수를 하고 싶다는 생각이 가느다랗고도 희미하게 가슴속에서 스며올랐다.

그리고는 한 번 피어오른 복수의 불길은 꺼질 줄 모르고 시간이 지날수록, 그리고 생각을 거듭할수록 더욱 거세게 활활 타올라 마침내 집념으로 변했다.

그러나 그녀는 무공을 잃어버렸다. 이 상태로는 절대 복수를 할 수 없다.

'살아야 한다, 복수를 하기 위해서!'

결국 그녀는 그런 결론을 내려야만 했다. 살아서 숨을 쉬고 있노라면 언젠가는 반드시 혈풍신옥에게 복수할 기회가 올 것이라고 믿었다.

아니, 그렇게 믿고 싶었다.

그러기 위해서는, 치욕스럽지만 지금은 살아 있어야 했다.

"뭐냐?"

자신이 나흘 동안 머물던 방을 나온 적멸가인이 주위를 두리번거리고 있을 때, 그녀의 뒤쪽에서 나직하지만 쇳소리처럼 날카로운 소녀의 목소리가 들려왔다.

적멸가인은 깜짝 놀라서 재빨리 몸을 돌렸다.

그러나 생각과 몸이 따로 놀았다.

머리는 아직도 무공을 지니고 있었던 며칠 전의 습관이 고스란히 남아 있어서 재빠른 반응을 보였지만, 무능한 몸은 아무런 능력도 없는 십칠 세 소녀일 뿐이어서 생각에 따라주지 못했다.

휘청.

"아……."

당연히 그녀는 상체와 하체가 서로 꼬이면서 볼썽사납게 옆으로 엎어지고 말았다.

그 순간 그녀는 또 하나를 깨달았다. 무공을 잃으면 단지 넘어지는 것만으로도 충격 때문에 몸의 여러 군데가 몹시 아프다는 사실이었다.

"아아……."

척!

그녀가 두 손으로 바닥을 짚은 채 무릎과 발목, 엉덩이가 동시에 아파서 얼굴을 잔뜩 찡그리고 있을 때 그녀 앞에 한 쌍의 앙증맞은 작은 발이 멈춰 섰다.

적멸가인은 힘겹게 고개를 들어 위를 올려다보았다.

그녀의 시선 끝에 몹시 귀엽고 아름다운 십오륙 세의 어린 소녀가 자신의 키만큼 크고 긴 검을 뒷머리 한복판에 멘 채 우뚝 서서 굽어보고 있었다.

어린 소녀 요마낭의 눈빛은 서릿발같아서 적멸가인은 부지중에 부르르 몸을 떨었다.

두려움을 느낀 것이다. 일개 어린 소녀의 눈빛을 접하고 두려움이라니, 그녀는 잠시 잊고 있었던 비참함이 엄습하여 두 눈에 눈물이 핑 돌았다.

무공을 잃었다는 것은 실로 많은 것들을 빼앗아가고 또 많은 것들을 가져다주었다.

이따위 하찮은 일에도 눈물이 고이다니…….

슥—

"뭐냐고 물었잖느냐?"

그때 요마낭이 한 손으로 적멸가인의 머리채를 거칠게 움켜잡고 쳐들었다.

"악!"

적멸가인은 날카로운 비명을 터뜨리며 다급히 두 손으로 요마낭의 손을 붙잡았다.

그렇지만 아무런 도움이 되지 못했다. 머리털이, 아니, 머리 가죽이 통째로 벗겨지는 듯한 극심한 고통과 함께 그녀의 몸이 서서히 들어 올려졌다.

"아아……."

조금 전에 강해져야지 하고 굳세게 다짐했던 것과는 달리 고통은 실로 엄청났고 눈에서는 눈물이 샘물처럼 솟구쳐 흘러내렸다.

그래서 그녀는 또 한 가지를 깨달았다.

육체의 고통이나 나약함 앞에서는 정신력 따윈 아무 소용이 없다는 사실을.

그녀는 단지 이 극심한 고통에서 벗어나기만을 눈물을 흘리면서 빌고 또 빌었다.

태어난 이후부터 근본적으로 정협맹이나 진명유림을 증오하는 요마낭이므로 적멸가인을 미워하는 데에 딱히 무슨 이유가 있을 리 없었다.

비참한 무림계얼미 123

"고통스러우냐?"

"아아……."

요마낭이 잔인한 미소를 지으면서 적멸가인의 얼굴을 자신의 얼굴 높이까지 들어 올렸다.

적멸가인이 폭포수처럼 눈물을 흘리는 것을 보고 요마낭은 속이 시원했다.

그렇지만 자신의 할머니와 어머니, 그리고 요선계 식솔들이 정협맹과 진명유림에게 어떤 짓을 당하며 벌레처럼 살아왔는지를 귀가 따갑게 들으며 자란 그녀의 응어리진 가슴은 이 정도로는 성이 차지 않았다.

"아프냐?"

"아아……."

투두두.

요마낭의 손아귀 속에서 적멸가인의 머리카락이 뭉텅 뽑히면서 피가 흘러나왔다.

그 몇 가닥의 피가 그녀의 창백한 얼굴을 가로질러 아래로 흘러내렸다.

피를 본 요마낭의 눈에서 더욱 잔인한 빛이 뿜어졌다.

"아프냐고 물었다."

"아… 아프다……."

"아프다?"

슥—

"아악!"

요마냥이 적멸가인을 조금 더 들어 올리자 그녀는 비단 천을 찢는 듯한 처절한 비명을 터뜨렸다.

그 순간 그녀는 이런 상황에서는 자신이 어떻게 처신을 해야 하는지를 깨달았다.

며칠 전의 그녀는 나는 새도 떨어뜨린다는 정협맹의 소저였지만, 지금은 요마냥이 손가락으로 찔러도 죽을 수밖에 없는 가련한 처지였다.

"아… 아파요."

"흥! 아프다고? 그래서 어떻게 해줄까?"

"소… 손을 놔주세요……."

적멸가인은 자신이 비굴하게 존대를 쓰고 있다는 사실마저도 깨닫지 못했다.

그만큼 고통스러웠다. 이 고통에서 벗어날 수만 있다면 무슨 짓이라도 할 수 있을 것 같았다.

그것을 알아차린 요마냥은 그녀를 더욱 비참하게 짓뭉개 버리고 싶었다.

"빌어라."

적멸가인은 그 말이 떨어지기 무섭게 구슬픈 목소리로 애원하기 시작했다.

"아아… 제발 용서해 주세요. 너무 아파요……."

요마냥은 그녀가 너무 쉽게 비굴해지자 재미없다는 표정

을 지었다.

 요마낭은 눈물범벅에 고통으로 일그러진 적멸가인의 얼굴을 빤히 들여다보았다.

 적멸가인의 얼굴에는 무림의 모든 남자들로부터 찬사를 받던 무림제일미의 모습이 조금도 남아 있지 않았다. 그저 비굴한 모습의 한 여자만 거기에 있을 뿐이다.

 그때 누각에서 갑판으로 뻗은 계단을 무가내가 내려오고 있었다.

 요마낭은 가볍게 표정이 변했지만 그냥 그대로 있었다. 놀라서 설레발을 피우는 것이 오히려 이상하게 비춰질 것 같았기 때문이다.

 무가내는 갑판에 내려와 적멸가인을 힐끗 쳐다보았다.

 요마낭이 갑자기 움직임을 멈추었기 때문에 적멸가인은 필사적으로 눈동자를 이리저리 굴리다가 무가내를 발견했다.

 순간 그녀의 동공이 크게 확장되었다. 한꺼번에 많은 감정들이 그녀의 가슴과 머릿속에서 불길처럼 피어났다.

 하지만 그것들은 찰나에 사라져 버리고 마지막 순간에는 단 하나만 남았다.

 제발 무가내가 요마낭을 말려주기를 간절하게 바라는 심정뿐이었다.

 그리고 적멸가인은 원한과 증오의 표정을 짓는 대신, 한없이 애처롭고 가련한 표정을 지으려고 애쓰면서 무가내를 바라보며 더욱 눈물을 흘렸다.

하지만 그는 무심한 얼굴로 적멸가인을 잠깐 응시하다가 몸을 돌려 자신의 방 쪽으로 걸어갔다.

적멸가인의 얼굴에는 절망이, 요마낭의 얼굴에는 득의함이 피어올랐다.

그러나 요마낭은 지금이 무가내에게 무공을 배워야 할 시간이라는 사실을 깨닫고는 샐쭉한 표정을 지었다.

척!

그녀는 적멸가인을 질질 끌고 가서 그녀가 조금 전에 나온 방문을 열었다.

"아아……."

적멸가인은 끌려가면서 아픔 때문에 온몸을 떨어댔다.

"이 방에서 기어나오지 말고 앞으로 네년이 어떻게 행동해야 하는지를 잘 생각하고 있어라."

휙!

요마낭은 머리채를 잡은 채 적멸가인을 가볍게 방 안으로 집어 던졌다.

우당탕!

"악!"

적멸가인은 방을 가로질러 붕 날아가 방구석에 모질게 처박히며 비명을 질렀다.

그녀는 구겨지듯 쓰러진 상태에서 몸을 바들바들 떨며 꼼짝도 하지 못했다.

온몸이 아프지 않은 곳이 없었다. 차라리 혼절을 했으면 아픔을 모를 텐데 정신은 말짱했다.

요마낭은 짓밟힌 벌레처럼 꿈틀거리고 있는 적멸가인을 보면서 야릇한 미소를 짓고 있다가 문을 닫았다.

적멸가인은 터져 나오려는 신음과 울음을 입술을 깨물면서 참고 있었다.

조금 전만 해도 고통에서 벗어날 수만 있다면 무슨 짓이라도 할 수 있을 것처럼 비굴했던 그녀다.

그런데 혼자 있게 된 지금은 육체의 고통보다는 자신이 너무도 비굴했었다는 사실 때문에 죽고 싶을 만큼 비참한 기분이 들었다.

몸의 나약함에 이어서 정신의 혼돈이 찾아들었다.

요마낭이 멀어지는 발자국 소리가 나고서도 한참이 지난 다음에야 적멸가인은 와악! 하고 울음을 터뜨렸다.

"으흐흐흑!"

第六十八章
여자가 되다

대마주
大麻宗

　무가내 일행을 태운 배는 무창을 출발한 지 칠 일째에 한수 중상류 지역에 위치한 번성현(樊城縣)에 도착했다.
　배는 그곳에서 한수를 벗어나 지류인 당하수(唐河水)를 거슬러 오르기 시작했다.
　그로부터 이틀 후에 호북성을 벗어나 하남성 경내로 들어서 끝없이 펼쳐진 대초원 한가운데를 흐르는 강을 유유히 거슬러 올랐다.
　배의 목적지는 당하수의 최상류에 위치한 쌍산(雙山)이라는 곳이다.
　이 배를 담당하고 있는 선장은 사흘 후에는 쌍산에 도착할 수 있을 것이라고 말했다.

쌍산은 하남성 남부 지역에 있으며 낙양에서 남쪽으로 팔백여 리나 멀리 떨어진 곳이다.

무가내는 어머니가 낙양 인근 선양현에 있을 것이라고 생각하고 있었다.

균현은 낙양의 영선당이라는 곳에서 할비용봉패를 만들었으며, 그것을 주문한 여인이 낙양 인근 선양현의 단 씨 성을 갖고 있다고 말했었다.

그러나 어머니가 대마종의 부인이라는 신분임을 감안한다면 선양현에 계속 머물지 못했을 이유를 어렵지 않게 짐작할 수 있었다.

무가내는 배가 무창을 출발한 후 그렇게 좋아하던 농담이나 장난을 일체 하지 않았다. 그가 그만큼 긴장하고 있다는 뜻일 게다.

그렇지만 앞으로 사흘 후에 어머니가 있는 쌍산에 도착할 것이라는 선장의 말을 들은 직후부터 불안한 표정을 감추지 못하더니 그때부터 술병을 입에서 떼지 않았다.

절망에 빠져서 어떻게 할 줄 몰라 하던 적멸가인에게 하나의 작은 위안이 있었다.

그것은 새로 생긴 것이 아니라 원래부터 존재하던 것인데, 그녀가 비로소 깨달은 것이었다.

바로 은예상이었다.

은예상은 적멸가인이 혼절에서 깨어난 이후 하루에도 몇 번이나 그녀의 방에 들러 온화하게 미소를 지으면서 이것저것 챙겨주었으며 말동무도 해주었다.

처음에 적멸가인은 은예상이 침상 가에 앉아서 혼자 떠들도록 내버려 두었었다.

그녀가 천하제일미 천상옥봉이며 철천지원수인 무가내의 여자라는 사실을 알고 있기에 경계심과 본능적인 적대감을 느꼈기 때문이다.

하지만 시간이 지날수록 은예상에 대한 그런 감정들은 점차 사라졌다.

그녀의 행동이 진심에서 우러나는 것이라고 판단한 것이다.

은예상은 적멸가인이 대꾸를 하지 않아도 언제나 미소를 잃지 않으면서 많은 위로의 말을 해주었다.

또한 그녀는 적멸가인이 입는 것과 먹는 것, 잠자리에 이르기까지 모든 것을 친절하게 배려해 주었다.

그런 그녀를 보면서 마침내 적멸가인은 굳게 닫힌 마음의 문을 비로소 열기 시작했던 것이다.

나중에 요마낭에게 들은 얘기지만, 적멸가인은 관도 가장자리에 쓰러진 채 혼절해 있던 자신을 구한 사람이 은예상이라는 사실을 알고 더욱 그녀를 신뢰하게 되었다.

모순된 일이지만, 적멸가인은 이 절망의 구렁텅이 속에서 생애 최초의 친구를 사귀게 된 것이다.

요마낭은 적멸가인의 머리채를 움켜잡고 처절한 고통을 맛보게 한 이후에도 몇 차례 더 그녀를 괴롭혔었다.

하지만 그런 광경을 우연히 목격한 은예상이 정색을 하고 크게 꾸짖은 이후부터는 요마낭은 적멸가인 근처에 얼씬도 하지 않았다.

은예상이라는 존재가 적멸가인에게 베풀어주는 배려는 비단 그것뿐만이 아니었다.

그러나 뭐니 뭐니 해도 은예상이 베푼 가장 큰 은혜는 절망에 빠진 적멸가인으로 하여금 살아야겠다는 강한 의지를 품을 수 있도록 해주었다는 사실이다.

은예상은 적멸가인에게 무가내에 대해서 여러 가지 이야기들을 해주었다.

그래서 적멸가인은 무가내라는 인간을 많이 이해, 아니, 분석할 수 있게 되었다.

그 덕분에 그녀는 현재 자신이 처한 상황에서 행할 수 있는 유일한 계획을 세우고, 그것을 차근차근 조심스럽게 세워 나갔다.

*　　　*　　　*

빠른 속도로 무림의 이합집산이 진행되고 있었다.
정협맹의 새 지도부는 한 가지 큰 계산 착오를 했다.
일단 군산의 총단만 장악하고 나면 십삼 개 지부와 중원삼십육태두, 수백 개의 현본령들을 어렵지 않게 수습할 수 있을 것이라고 쉽게 예상했던 것이다.
그러나 막상 뚜껑을 열어보니 현실은 전혀 그렇지 않았다.
예전 정협맹의 실세였던 중원삼십육태두 중에서 제이기 정협맹의 정협십이성에 뽑힌 인물들이 지부로 있거나 세력을 형성하고 있는 지역은 당연히 새 정협맹 지도부에 충성을 맹세했다.
하지만 정협십이성에 뽑히지 못한 인물들의 불만은 극에 달했다.
그들은 정협맹을 탈퇴하는 것은 물론이고, 사사건건 정협맹의 일에 반기를 들거나 엇나가기를 일삼았다.
그러더니 급기야 그 세력들이 결탁하여 하나의 또 다른 무림맹을 발족하기에 이르렀다.
그것이 당금 무림의 새로운 화두로 떠오른 대동협맹(大同俠盟)이었다.
그리고 그들은 대동협맹 맹주에 전대 정협맹 맹주를 추대했으며, 장로에는 중원삼십육태두였다가 제이기 정협맹의 정협십이성에 발탁되지 못한 인물들이 기용되었다.
사실상 중원삼십육태두는 혈풍신옥에게 다섯 명이나 살해

당하면서 그 명성이 크게 실추됐었다.

 삼십육 명 중에서 다섯 명이 죽은 것은 전체로 봤을 때에는 얼마 안 되는 수일지 모르지만, 명성을 떨어뜨리는 데에는 결정적인 역할을 했다.

 그래서 정협맹에서 발탁한 정협십이성과 혈풍신옥에게 죽은 십칠 명을 제외한 십구 명이 새로운 무림맹인 대동협맹의 장로, 즉 대동십구협(大同十九俠)이 되었다.

 대동협맹의 탄생으로 인해서 중원의 근간인 진명유림이 크게 두 개로 쪼개지게 되었다.

 원래 존재했던 무림맹인 정협맹은 신진 세력들이 주체가 되었으며, 새로 발족한 대동협맹은 구세력들이 포진되는 모순된 상황이 되었다.

 전 무림의 이합집산에 사독요마도 편승했다.

 사독요마는 크게 두 개로 나누어졌다.

 무적방과 총혈계가 그것이다.

 사독요마에 적을 두고 있는 사람이라면 누구라도 무적방에 가입하기를 원했다.

 무적방주인 혈풍신옥이 대마종의 진정한 후계자이며 사독요마의 지도자라고 믿기 때문이었다.

 그러나 무적방은 아무나 받아들이지 않고 까다로운 시험을 거쳐서 소수의 인원만 영입했다.

 예외가 있다면 구유마혈이 총혈계를 탈퇴하면서 이끌고

온 오천여 명의 사독요마인데, 무적방은 그들을 내칠 수가 없어서 어쩔 수 없이 받아들였다.

무적방에 가입하지 못한 사독요마들은 대부분 총혈계로 몰려들었다.

새로운 정협맹이 사마총혈계가 무림의 한 축계이며 전대 대마종과 사대종사가 이끈 사독요마 고수들이 이십여 년 전에 대천신등으로부터 중원을 구했다는 발표를 한 직후부터 전 무림의 사독요마들은 그야말로 축제 분위기에 휩싸였다.

마침내 자신들의 세상이 왔다면서 탕마령 때문에 천하 곳곳에 꼭꼭 숨어 있던 사독요마들이 춤을 추면서 모조리 쏟아져 나왔다.

원래 총혈계는 구유마혈과 망혼광악 두 명이 총계주로 있었으나 구유마혈이 무적방으로 간 덕분에 망혼광악이 단독으로 총계주가 되었다.

총혈계는 신바람이 났다. 만여 명 남짓의 세력이었다가 구유마혈이 오천 명을 빼가는 바람에 달랑 오천 명만 남게 되었는데, 지금은 오만 명을 훌쩍 넘기는 공룡 같은 덩치가 됐기 때문이다.

더구나 하루에도 수백 명씩의 사독요마 고수들이 모여들어 가입을 원하고 있으니 오래지 않아서 십만을 넘기는 것은 어렵지 않을 듯했다.

무림과는 별개의 일이지만, 녹림(綠林)에도 하나의 큰 변화가 생겼다.
 원래 장강수로채(長江水路寨)와 황하십팔채(黃河十八寨), 동정육림(洞庭六林), 팔황채구주박(八荒寨九州泊)을 통틀어서 녹림이라고 한다.
 그것들을 녹채박림(綠寨泊林)이라고 부르는데 줄여서 녹림이라 칭했었다.
 그런데 바야흐로 그 녹림을 일통한 인물이 출현한 것이다.
 바로 녹천신왕(綠天神王)이라는 인물이었다.
 그가 어떤 인물이며 어느 곳에 속했었는지에 대한 것들은 모두 비밀에 가려져 있다.
 중요한 사실은 녹천신왕이 녹림을 일통한 직후 부르짖은 제일성(第一聲)이었다.
 "녹림도 무림의 한 축계(軸界)다!"
 수십만 녹림인들은 미친 듯이 열광하여 그의 수하로 구름처럼 몰려들었다.
 그렇지만 무림의 반응은 언제나 그랬던 것처럼 냉담했다.
 화적(火賊), 수적(水賊), 토적(土賊)의 무리인 녹림은 무림의 영원한 변방이었고, 앞으로도 영원히 그럴 것이라 여겼다.
 녹천대련(綠天大聯).
 그것이 녹천신왕이 녹림을 일통하여 개파한 새 방파의 이름이었다.

*   *   *

 은예상이 적멸가인에게 슬쩍 눈짓을 보냈다.
 탁자에서 저만치 떨어져 꿔다 놓은 보릿자루마냥 서 있던 적멸가인은 은예상의 눈짓을 받고 조심스럽게 쭈뼛거리면서 탁자로 다가왔다.
 은예상은 그녀가 여전히 용기를 내지 못하는 것을 보고 아예 숟가락으로 밥을 떠서 입에 넣어주기로 작정했다.
 "풍 랑, 한 소저가 풍 랑께 술 한잔 올리겠다는군요."
 그러면서 얼른 술병을 적멸가인에게 건네주었다.
 적멸가인은 화들짝 놀란 얼굴로 술병을 받다가 하마터면 떨어뜨릴 뻔했다.
 며칠 전에 적멸가인은 은예상에게 조심스럽게 부탁을 한 적이 있었다.
 "무공을 되찾고 싶어요. 도와주세요."
 은예상을 믿지 못한다면 절대로 할 수 없는 부탁이었다.
 그리고 은예상이 아니면 절대로 이루어질 수 없는 부탁이기도 했다.
 은예상은 쾌히 동의했다.
 하지만 적멸가인의 무공을 회복하는 것은 순전히 무가내가 결정할 일이기 때문에 그녀가 감히 어떻게 해달라고 부탁할 수 없었다.

그래서 생각 끝에 적멸가인을 무가내와 가까워지게 만들려는 계획을 세웠다.

그의 천성이 순수하고 여리다는 것을 잘 알기 때문에, 또한 그가 가까운 여자에게는 절대로 모질게 대하지 않는다는 사실을 알고 있기에, 무슨 일이 있어도 적멸가인을 그와 가까운 사이가 되도록 만들 생각이었다.

그렇다고 적멸가인을 무가내의 여자로 만들고 싶은 생각은 없었다.

은예상도 여자인데 어찌 자신이 사랑하는 남자에게 여자가 생기기를 원하겠는가.

다만 적멸가인을 자미룡이나 냉운월처럼 무가내와 가까운 관계가 될 수 있게끔 도와주고 싶은 것뿐이다.

그리고 판단은 무가내가 하는 것이다.

실내에는 무가내와 은예상, 적멸가인 세 사람뿐이었다.

쪼르르.

적멸가인은 선 채 두 손으로 술병을 잡고 허리를 굽히면서 탁자에 놓인 무가내의 빈 잔에 술을 따랐다.

"거기 풍 랑 옆에 앉으세요."

술을 따르고 나서 어색하게 서 있는 적멸가인에게 은예상이 무가내의 왼쪽 빈 의자를 가리키며 자연스럽게 말했다.

적멸가인은 반사적으로 무가내의 얼굴을 쳐다보았다.

무가내는 술잔을 손에 쥐고 만지작거리고 있는데 얼굴 표정이 별로 좋아 보이지 않았다.
 쌍산에 도착하려면 이제 이틀밖에 남지 않았다.
 어머니가 있는 곳이 가까워질수록 무가내는 심경의 여러 변화를 일으켰다.
 폭음을 한 어제는 심란하면서도 불안한 듯한 모습이더니, 오늘은 마음이 무겁게 가라앉은 모습을 보이고 있었다.
 그런 마음인데다 술자리에 적멸가인이 끼어들자 그는 매우 못마땅한 기분이었다.
 하지만 은예상이 그녀를 불렀기 때문에 내색하지 않은 채 그저 참고 있는 중이었다.
 무가내의 표정을 살피던 적멸가인은 용기를 내어 조심스럽게 그의 왼쪽 의자에 앉았다.
 그의 곁에 앉지 않고는 이 방에 들어온 의미가 없고, 그와 가까워질 수 없기 때문이다.
 강한 자는 모든 면에서 여유가 있다. 강함과 여유는 비례한다. 강하면 강할수록 여유는 더 많아지는 법이다.
 무공을 잃고 적의 수중에 포로가 된 상태인 적멸가인에겐 한 올의 여유도 없다.
 지금 그녀를 지탱해 주고 있는 것은 오로지 아슬아슬한 복수심 하나뿐이었다.
 그러나 무가내와 채 한 자도 못 되는 거리에 앉아 있는 지금 상황에서는 복수심은 거의 사라져 버렸고 두려움만 잔뜩 남아 있었다.
 무가내는 묵묵히 술만 마실 뿐, 말을 하지 않았다. 지금 그가 짓고 있는 표정은 은예상이 평소에 보았던 여러 표정 하고는 전혀 다른 것이었다.
 우울한 것 같기도 하고 초조한 것 같기도 한 복잡한 얼굴이었다.
 "풍 랑, 초조하세요?"
 그때 은예상이 무가내에게 조금 더 바짝 붙어 앉으면서 두 손으로 그의 손을 잡으며 부드럽게 물었다.
 무가내는 은예상을 쳐다보면서 평소와 같은 미소를 빙그레 지어 보였다.
 어떤 상황하에서도 그가 은예상을 대하는 태도는 항상 똑같았다.
 "잘 모르겠어."
 그리고 또 솔직했다. 그는 지금 자신의 심정이 어떤지 잘 모르고 있었다.
 은예상은 그윽한 눈빛으로 무가내를 바라보며 위로했다.
 "풍 랑도 알다시피 소녀는 부모님이 두 분 다 계시지 않아요. 소녀에겐 오직 풍 랑뿐이에요."
 무가내의 눈이 문득 살기로 번들거렸다.
 "조진우를 좀 더 잔인하게 죽일 것을 그랬어."
 문득 그는 다소곳이 앉아 있는 적멸가인을 보며 맹수가 으

르렁거리듯이 말했다.

"너, 정협맹은 좋은 일만 하고 악한 짓은 하지 않는다고 장담할 수 있느냐?"

갑작스런 물음에 적멸가인은 움찔 놀라며 대답하지 못했다.

무가내가 갑자기 물어서가 아니라 그녀는 이미 정협맹 총단을 제외한 전 조직들이 수많은 악행을 일삼는다는 사실을 잘 알고 있기 때문이었다.

"상아 아버지는 숭검문 문주인 숭검협우 은장후라고 한다. 그 지역 사람들은 그를 누구보다 존경했다고 하더라. 그런데 사해방의 조진우라는 쓰레기 같은 놈이 숭검문 사람들을 깡그리 살해하고 불을 질렀다. 너는 그 이유가 무엇 때문인지 아느냐?"

숭검문이라는 문파가 존재했었다는 사실을 적멸가인은 모르고 있었다.

그러므로 조진우가 숭검문을 전멸시킨 이유를 알고 있을 까닭이 없었다.

그녀가 쳐다보니 은예상은 슬픈 얼굴로 두 눈에 눈물이 글썽글썽 고여 있었다.

탁!

무가내는 단숨에 술잔을 비우고 잔을 탁자에 소리 나게 내려놓은 후 씹어뱉듯이 말을 이었다.

"그놈은 상아를 자신의 부인으로 달라고 상아 아버지를 협박했다. 그런데 거절을 당하자 상아 부모님을 비롯해서 숭검문의 백여 명 이상이나 되는 사람들을 모조리 잔인하게 죽여 버린 것이다."

적멸가인은 적잖이 놀라는 표정으로 은예상을 바라보았다.

참았던 눈물이 기어코 은예상의 하얀 뺨을 타고 흘러내렸다.

무가내는 자신의 손으로 술을 따르면서 흰 이를 드러내며 씨근거렸다.

"그래서 내가 상아의 복수를 해주었다. 조진우를 도막 내서 죽여 버리고, 그놈 아비를 제압해서 끌고 왔으며, 사해방을 피로 씻어버렸지."

적멸가인은 정협맹 총단으로부터 사해방이 괴멸했다는 전서구를 받았을 때 그것이 혈풍신옥의 짓이라고 단정했었다. 그래서 더 분노했었다.

과연 그녀의 짐작은 맞았다. 하지만 혈풍신옥이 은예상의 복수를 해주려고 사해방을 괴멸시켰다는 사실은 지금 처음 알게 되었다.

"너는 내가 복수한 것이 잘못한 것이라고 생각하느냐?"

적멸가인은 조금도 그렇게 생각하지 않았다. 그녀는 평소에 이에는 이, 눈에는 눈이라는 사고방식을 갖고 있었다.

당했으면 열 배 백 배로 갚아주어야 한다는 것이 그녀의 일관된 신념이었다.

　적멸가인은 살래살래 고개를 가로저었다.

　"아니에요. 그런 놈은 죽어 마땅해요."

　그렇게 말하면서 무공을 잃기 전에 그녀가 잘 지었던 독한 표정을 설핏 얼굴에 떠올렸다.

　그녀의 대답에 무가내는 약간 마음이 누그러졌다.

　또한 어머니를 만나는 것에 대한 복잡했던 마음도 얼마 정도 가셨다.

　그는 가볍게 턱을 치켜들었다.

　"너는 이십여 년 전에 태무천과 정협맹의 늙은이들이 대마종과 사대종사를 별유선당으로 유인해서 함정에 빠뜨렸던 일을 알고 있느냐?"

　그 사실을 사형인 북궁연에게 들어서 알고 있는 적멸가인이다. 그것이 원인이 되어 썩어빠진 정협맹을 물갈이하기 위해서 반란을 일으켰던 것이다.

　"네."

　적멸가인은 조용히 대답했다.

　마음이 누그러진 것은 무가내만이 아니다. 사해방이 인과응보에 의해서 괴멸했다는 사실을 알게 된 적멸가인도 무가내에 대한 적의가 약간 사라졌다.

　"그래서 내가 태무천을 비롯한 별유선당의 열다섯 늙은이를 죽이려고 하는 것인데, 그것은 어떻게 생각하느냐?"

이에는 이, 눈에는 눈의 방식대로 한다면 그것은 정당한 복수의 형태다.

적멸가인의 마음속에서 동요가 일어나고 있었다. 그녀가 여태까지 진실이며 정의라고 믿었던 것들이 무너지고 있기 때문이었다.

"정당해요."

결국 그녀는 그렇게 대답했다. 아부를 하기 위해서가 아니라 정말 그렇게 생각하기 때문이다.

무가내는 지금의 대화 때문에 어머니에 대한 생각이 가시자 더욱 집착했다.

"이십여 년 전에 대천신둥이 중원에 쳐들어왔을 때, 실제로는 대마종과 사마총혈계가 그들을 물리쳤었는데, 정협맹이 자신들의 공이라고 속였다는 사실을 아느냐?"

"네."

무가내는 다짜고짜 물었다.

"그런데 너는 무엇 때문에 나와 무적방을 공격하려고 항주까지 갔었던 것이냐?"

말인즉, 무가내는 정당한 복수를 하고 또 잃었던 권리를 되찾으려는 것인데 어째서 너는 공격하려는 것이냐고 묻는 것이었다.

적멸가인은 거기까지는 깊이 생각한 적이 없었다. 그녀가 고수들을 이끌고 무적방을 공격하기 위해서 정협맹 총단을 떠났던 것은 사부 태무천의 명령을 받았기 때문이다.

그러나 사형 북궁연이 반란을 일으켜서 성공시킨 직후에 적멸가인에게 무적방 공격을 백지화했으니 귀환하라는 명령을 보냈다.

그러나 그녀는 그 명령을 무시했었다.

항주성에서부터 혈풍신옥과 무적방의 흔적을 추적하던 중에 무현 진인의 죽음, 장천방의 몰살과 일검장천 주공명의 죽음에 분노했으며, 무창에 이르러서는 운룡대신도의 죽음을 접하고 거의 이성을 잃을 정도로 혈풍신옥에 대한 개인적인 증오심과 원한에 사로잡혔었다.

그런 정신과 마음을 지금껏 지니고 있던 적멸가인이었으므로 무가내의 갑작스런 물음에 적이 당황할 수밖에 없었다.

"나… 는……"

이에는 이, 눈에는 눈으로, 라는 방식대로라면 무가내의 행동은 지극히 당연한 것이다.

결국 적멸가인은 한참 만에야 비로소 자신이 혈풍신옥에게 사적인 원한을 품고 있었다는 사실을 깨달았다.

그것은 큰 깨달음이었다.

그래서 자신의 무공을 없애 버린 이유로 방금 전까지 무가내에게 품었던 복수심마저도 머릿속에서 큰 소리를 내면서 무너져 내리기 시작했다.

"나는……"

적당한 말을 찾지 못한 그녀는 흐려진 표정으로 같은 말을 반복했다.

그러다가 문득 어떤 생각이 떠올라 생기를 되찾고 약간 언성을 높였다.

"하지만 새 정협맹주가 사마총혈계를 무림의 한 축계로 인정을 했고, 지난날에 대해서 공식적으로 사죄를 표명했으며, 앞으로 사마총혈계와 손잡고 중원무림을 잘 경영해 보자고 발표했잖아요."

그녀의 항변에 조금 누그러졌던 무가내의 얼굴에 냉혹한 경멸의 표정이 떠올랐다.

"정협맹주가 옥황상제라도 되는 것이냐? 그가 결정하면 천하의 모든 사람들이 무조건 나 죽었소, 하고 다 따라야만 하는 거야? 응? 나쁜 짓이란 나쁜 짓은 숱하게 저질러 놓고서 어느 날 '잘못했다. 용서해 다오. 지난 일은 잊고 앞으로는 우리 잘해보자' 라고 말하면 다 끝나는 것이냐? 그렇게만 하면 죽은 사람이 다시 살아나고, 원한이 깡그리 사라져 버리는 것이냐는 말이다."

"……."

적멸가인은 방금 전에 왜 자신이 그런 어리석은 말을 했는지 후회막급이었다.

그녀는 흐린 얼굴로 무가내를 바라보다가 그가 일그러진 얼굴에 시퍼런 눈빛을 뿜어내는 것을 보고 얼른 시선을 은예상에게 돌렸다.

은예상은 애매한 표정을 짓고 있었다. 왜 그랬느냐고 그녀를 책망하는 듯한 표정이었다.

분위기가 좋아지는 듯하다가 다시 어색해졌다. 아니, 처음보다 더 나빠졌다.

"한 소저는 부모님이 살아 계신가요?"

은예상이 재치있게 화제를 바꾸었다.

적멸가인은 씁쓸한 표정을 지었다.

"내가 네 살 때 부모님이 산적들에게 돌아가셨어요. 그래서 일 년 남짓 마을의 어떤 집에 얹혀서 구박덩이로 살고 있다가 사부님의 눈에 띄어 정협맹에 들어갔었죠."

"부모님이 그립겠군요."

두 여자가 대화를 하는 동안 무가내는 술잔을 비우고 빈 잔을 탁자에 내려놓았다.

적멸가인은 얼른 공손히 술을 따르면서 대답했다.

"왜 아니겠어요. 자고로 자욕양이친부대(子欲養而親不待)라고 하지 않던가요?"

은예상이 젓가락으로 집어주는 안주를 받아먹으려던 무가내의 눈이 이채를 발했다.

방금 적멸가인이 한 말을 예전에 은예상에게 배운 적이 있기 때문이었다.

그는 안주를 으적으적 씹으며 점잖게 아는 체를 했다.

여자가 되다 149

"흠! 자식이 부모에게 봉양하려고 하지만 부모는 기다려주지 않는다, 인가?"

그는 고개를 끄덕였다.

"암, 그렇지. 그러니까 부모가 살아 계실 때 효도를 다해야지 후회를 하지 않는 거야."

적멸가인은 그윽한 표정으로 무가내를 바라보며 물었다.

"당신은 부모님이 살아 계신가요?"

그렇게 물어놓고 그녀는 깜짝 놀랐다. 복수 때문에 무가내에 대해서 알아야 한다는 의무감보다는, 순전히 사적인 궁금증으로 물었기 때문이다.

그렇지만 그 물음을 후회하지는 않았다. 오히려 자신이 무가내에게 적응하고 동화되어 가고 있다는 사실이 기쁘기까지 했다.

"아버지는 죽었고, 어머니는 살아 있어."

무가내의 선선한 대답에 적멸가인은 기쁨을 감추지 못하고 두 눈이 별처럼 반짝였다.

그녀에 대한 무가내의 차가움이 사라지는 속도보다, 무가내에 대한 그녀의 적의와 복수심이 더 빨리 소멸되어 가고 있는 것이 생생하게 느껴졌다.

그런데도 그녀는 그것을 안타까워하지 않고 도리어 기꺼워하며 반겼다.

모든 결단은, 아무리 작은 것이고 또한 큰 것이라도 순간에 이루어지는 법이다.

 조금 전에 있었던 무가내와의 대화에서 적멸가인은 더 이상 그가 적이 아님을 깨달았다.

 그러나 무가내에겐 정협맹과 진명유림이 여전히 명백한 적으로 남아 있었다.

 그래서 적멸가인은 자신이 그의 적이 아님을, 친구가 되고 싶음을 온몸으로 보여주고 싶었다.

 자신이 왜 순식간에 변했는지, 십이 년 동안 투철하게 무장되어 있던 이념이 왜 갑자기 바뀌었는지는 그다지 중요하지 않았다.

 적멸가인은 조용히 입을 열었다.

 "우리 세 사람 중에서 부모가 한 분이라도 살아 계신 사람은 당신뿐이군요."

 무가내는 그렇게 말하는 적멸가인의 얼굴에 흐릿한 부러움이 떠오르는 것을 놓치지 않았다.

 그것 때문에 그는 조금 의기양양해졌다. 그러면서 그녀들이 조금 안됐다는 생각이 들었다.

 "너도 한잔해라."

 쪼르르.

 그는 적멸가인 앞에 빈 잔을 밀어놓고 술을 따랐다.

 이제 적멸가인의 머릿속에는 복수심 따윈 남아 있지 않았다. 다만 어떻게 하면 급변하는 지금의 상황에 자신이 맞출

수 있을지를 고심할 뿐이다.

 그녀가 얼른 은예상을 바라보자 그녀는 방그레 미소를 지으면서 고개를 끄덕였다.

 잘하고 있다는 칭찬. 그리고 술을 마시라는 의미였다.

 말술을 마다하지 않는 두주불사(斗酒不辭)의 적멸가인이다. 술이라면 누구에게도 져본 적이 없다.

 문득 은예상의 말이 기억났다.

 "풍 랑은 술을 몹시 좋아해요. 그는 자신과 함께 술을 마신 사람은 누구라도 친구로 여겨요. 일단 그의 친구가 되면 한소저는 그의 진짜 모습을 보게 될 거예요. 그러니까 풍 랑 앞에서 술을 마실 기회를 만들도록 노력해 봐요."

 그랬는데 무가내가 직접 술을 따라주면서 마시라고 권하고 있는 것이다.

 기다리고 있던 바이니 마다할 이유가 없었다.

 무가내는 잠시 침묵을 지켰다.

 그동안 적멸가인은 연거푸 석 잔의 술을 마셨다. 목과 배가 따뜻해지면서 기분이 슬며시 좋아지기 시작했다.

 "내 아버지는 대마종이야."

 그때 무가내가 중얼거렸다.

 적멸가인은 놀라지 않았다. 무림에 혈풍신옥이 대마종의 전인이거나 아들일 것이라는 소문이 나돌고 있었고, 그것을 그녀도 들었기 때문이다.

그러나 사실 그것은 헛소문이었다. 소문 퍼뜨리기 좋아하는 작자들이 정협맹을 상대로 싸우면서 연일 승전보를 올리고 있는 혈풍신옥에 대한 소문을 확대 재생산한 것에 지나지 않았다.

그 소문을 퍼뜨리는 자들은 정작 혈풍신옥에 대해서는 조금도 모른 채 사독요마의 구세주니, 진정한 지도자니 제멋대로 떠들어대면서 순전히 소문만으로 그를 제이의 대마종 혹은 대마종의 후계자로 만들어 버린 것이다.

그런데 사람들은 그 헛소문을 믿었고, 결국 어찌 됐든 그것은 사실이었다.

무가내의 고백에 적멸가인은 조금도 놀라지 않고 담담한 미소를 지으며 고개를 끄덕였다.

그런 행동이 주효했다. 무가내는 묻지도 않은 말을 다시 꺼냈다.

"나, 지금 어머니 만나러 가는 길이다."

그 말에는 적멸가인이 반응을 보였다. 깜짝 놀라는가 싶더니 곧이어 부럽고도 기쁜 표정을 지은 것이다.

"나, 태어나서 처음 어머니를 만나러 가는 거야."

무가내는 이미 반 이상은 적멸가인을 친구로 인정하고 있는 것 같았다.

"하하… 그래서 조금 떨린다."

"나도……."

적멸가인은 진심 어린 표정을 지으며 입을 열다가 말을 바꾸었다.

"소녀도 당신처럼 떨려봤으면 좋겠어요."

나도 어머니를 만나러 가면서 떨려봤으면 좋겠다는 뜻이다.

"하하하! 그러냐?"

무가내는 껄껄 웃었다. 그는 자신에게 어머니가 있다는 사실에 처음으로 자랑스러움을 느꼈다.

그는 은예상의 어깨를 바짝 끌어안으며 자신의 뺨을 그녀의 뺨에 비볐다.

"내 어머니가 상아의 어머니야. 그렇지?"

"네."

은예상은 환하게 미소 지으며 상체를 기울여 그의 품에 안기듯 했다.

기분이 매우 좋아진 무가내의 오른손이 자연스럽게 은예상의 허벅지를 쓰다듬었다.

은예상은 그의 품에 조금 더 깊이 안겼다.

예전에 주루에서 적멸가인을 처음 만났을 때 무가내는 그녀가 뻔히 보고 있는데 은예상의 속곳 속으로 손을 집어넣어 태연하게 음부를 만지작거렸었다.

그 당시에 은예상은 적멸가인의 시선을 느끼고 몹시 부끄러워했었다.

하지만 지금은 적멸가인이 더 가까이에서 보고 있는데도

전혀 부끄럽지 않았다.

적멸가인을 처음 만난 날 이후 은예상은 더욱 깊고도 가까이 무가내의 여자가 되었기 때문이다.

그 당시에 적멸가인은 벌건 대낮에 주루에서 그런 파렴치한 짓을 하는 무가내를 벌레 보듯 경멸했었다.

그런데 지금은 이상하게도 전혀 그런 마음이 들지 않았으며 자연스럽다는 기분마저 들었다.

무공을 잃었다는 것은, 그리고 크게 변해 버린 상황은 그녀의 가치관마저도 바꿔놓았다.

은예상을 처음 봤을 때 그녀는 무가내보다 은예상이 더 미웠고 또 불쌍했었다.

어떻게 천하제일미인 천상옥봉이 저런 놈에게 파렴치한 짓을 당할 수 있을까, 라는 생각에서였다.

그러나 지금은 그렇게 지레짐작했었던 자체가 잘못이라는 생각을 하고 있었다.

천하제일미라고 해도 사람이며 또한 여자일 뿐이다.

천하제일미라고 해서 밥을 먹지 않고 대소변을 보지 않으며 이슬만 먹고 살지 않는다.

보통 사람과 똑같이 먹고 자고 웃고 슬퍼하는 것이다.

한 남자에게 듬뿍 사랑을 받고, 또 그 남자를 목숨처럼 사랑하고 있으면 그게 행복이지 무에 더 바랄 것이 있겠는가?

적멸가인은 지금 그런 생각을 하고 있었다.

탁자에 가려서 보이지 않았지만, 적멸가인은 무가내가 무엇을 하고 있는지 짐작할 수 있었다.

적멸가인은 묘한 기분이 들었다. 자신이 무가내와 은예상에게 많이 동화되어 친구가 된 듯한 기분이었다.

무가내는 적멸가인이 따라준 술을 왼손으로 들어 마시고 나서 그녀에게 술을 따라주었다.

여섯 잔째의 술을 마신 적멸가인의 얼굴이 노을처럼 발갛게 상기되어 더욱 아름답게 보였다.

그녀는 지금 착각을 하고 있다. 무공이 있었을 때에는 두주불사였지만 지금은 그렇지 않다는 사실을 아직 깨닫지 못하고 있는 것이다.

더구나 평소에 무가내가 마시는 술은 독하기 짝이 없다. 여섯 잔의 술은 그녀를 어느 정도 취하게 하여 기분이 좋게 만들어주었다.

그녀는 무가내를 바라보았다. 그리고 여태까지는 모르고 있었던 한 가지 사실을 깨달았다.

그가 매우 잘생겼다는 사실이었다. 북궁연이나 화영도 미남이지만 무가내하고 비교할 정도는 아니었다.

단지 그렇다는 것이다. 극소수의 여자들이 남자의 잘생기고 못생긴 것을 별로 따지지 않는데, 적멸가인이 바로 그런 여자였다.

아니, 남자라는 자체에 추호도 관심이 없었으니 잘생겼으면 어떻고 또 못생겼으면 어떤가, 라는 일관된 사고방식을 지니고 있었다.

"아……."

그때 은예상이 나직한 신음 소리를 냈다.

적멸가인은 그녀를 바라보다가 가볍게 표정이 변했다. 그녀의 얼굴은 발그레 홍조가 떠올랐으며, 눈을 감고 속눈썹이 바르르 떨렸고, 반쯤 벌어진 입술 사이로 야릇한 신음이 흘러나오고 있었다.

그 모습을 보자 갑자기 적멸가인의 가슴이 두근거렸다.

뿐만 아니라 묘한 흥분이 느껴졌다. 몸이 짜릿짜릿하며 수천 마리 개미가 온몸에 기어다니는 느낌이었다.

그렇지만 나쁜 느낌이 아니었다. 아니, 오히려 난생처음 느끼는 야릇한 쾌감이었다.

무가내와 은예상은 적멸가인을 조금도 신경 쓰지 않았다. 그것이 적멸가인을 편안하게 만들었다.

"너도 해줘?"

그때 무가내가 불쑥 적멸가인에게 물었다.

그녀는 그 말이 무슨 뜻인지 이해하지 못하다가 잠시 후에 움찔 놀랐다.

그녀도 은예상처럼 해줄까, 하고 물은 것이다.

그녀는 반사적으로 무가내를 쳐다보았다.

그런데 그는 조금도 음탕한 표정을 짓고 있지 않았다. 외려

천진난만한 얼굴로 그녀를 빤히 응시하고 있었다.
 적멸가인의 시선이 은예상의 얼굴로 흘렀다.
 꿈을 꾸는 듯한, 세상의 모든 행복과 쾌감을 다 느끼고 있는 듯한 아름다운 얼굴이 거기에 있었다.
 여섯 잔의 술이 어느 정도 적멸가인을 무장해제시켰고, 야릇한 쾌감이 그녀의 용기를 부추겼으며, 무가내와 친해져야 한다는 사명감이 앞으로 일어나게 될 파렴치한 행동을 용서해 주었다.
 적멸가인은 조그맣게 고개를 끄덕였다. 그녀의 얼굴이 더욱 붉어졌다. 취기 때문만은 아니었다.
 하지만 자신의 욕구에 솔직했다는 생각이 그녀를 위로했다.
 슥—
 그러자 무가내가 팔을 뻗어와 그녀의 가느다란 허리를 두르고는 자신의 곁으로 바짝 끌어당겼다.
 술이 취했다고는 하지만 생애 최초로 겪는 경험 때문에 그녀의 몸이 경직되어 의자 안쪽까지 궁둥이를 들이밀고 두 다리를 모아 붙이고는 상체를 꼿꼿하게 곧추세웠다.
 쑥!
 그녀의 긴장하고는 상관이 없다는 듯 무가내는 은예상의 속곳에서 손을 빼는 대신 왼손이 적멸가인의 바지 괴춤 안으로 거침없이 미끄러져 들어왔다.
 "아!"

그녀는 깜짝 놀라서 본능적으로 다리를 더욱 오므리고 몸이 한층 굳어졌다.

하지만 무가내의 손은 개의치 않고 마음대로 움직였다.

"하아……."

적멸가인은 몸을 한차례 세차게 부르르 떨었다.

마치 번갯불이 온몸을 관통한 듯한 격렬한 느낌이었다.

그것으로 그녀의 마지막 저항선이 무너져 버렸다.

그녀의 몸이 스르르 눕는 듯한 자세가 되고 온몸에서 힘이 풀려 버렸다.

그리고는 몸을 무가내에게 모조리 내맡겼다.

무가내는 자비로운 사람이다. 그래서 그는 새로운 여자 친구에게 좋은 선물을 해주기로 했다.

이 상황에서 운홀우황지보다 더 좋은 선물은 없을 것이다.

"아아……."

적멸가인의 신음 소리는 은예상보다 훨씬 컸다.

그리고 그녀는 은예상처럼 수동적인 성격이 아니라 하고 싶은 것을 거침없이 행동으로 옮기는 능동적인 성격이었다.

무가내의 손이 그녀의 속곳 속에서 한바탕 분탕질을 벌이고 있을 때, 그녀의 손이 그의 괴춤 속으로 스르르 미끄러져 들어갔다.

적멸가인의 계획 일단계는 대단히 성공적이었다.

아니, 성공 그 이상이었다.

그녀는 무가내의 친구가 되는 것을 뛰어넘어 아예 그의 여자가 돼버렸다.

매우 기분 좋은 나른함이 그녀의 온몸을 지배하고 있었다.

그녀는 잠에서 깨었지만 눈을 뜨지 않았다. 지금의 이 느낌을 더 오래 만끽하고 싶었다.

눈을 뜨진 않았지만 어떤 상황이며 자신이 어떤 자세로 누워 있는지는 짐작할 수 있었다.

그녀는 옆으로 누워 단단한 사내의 어깨를 베고 팔로는 그

사내의 울퉁불퉁 근육질의 가슴을 안고 있으며 다리를 그의 하체에 얹은 자세였다.

온몸으로 그 사내가 느껴졌다.

뺨으로는 어깨를, 팔로는 가슴을, 짓눌린 젖가슴으로는 옆구리를, 허벅지 아래에는 단단한 음경이 느껴졌다.

문득 그녀는 어젯밤의 광란이라고밖에 표현할 수 없는 격정적인 정사를 떠올렸다.

침상에서 무가내는 적멸가인을 십여 차례는 죽였다가 살리기를 반복했었다.

회가 거듭될수록 적멸가인은 무가내의 행동에 반응을 하기 시작했고, 마침내 오래전부터 그랬던 것처럼 그에게 최대한 봉사를 아끼지 않았으며 그것보다 더 큰 쾌감을 보답으로 받았다.

적멸가인은 한번 절정에 도달할 때마다 숨이 끊어지고 온몸이 한 움큼의 물로 녹아버리는 듯한 실로 굉장한 쾌감에 휩싸였었다.

그녀는 여전히 눈을 뜨지 않은 채 손을 뻗어 무가내의 가슴을 부드럽게 쓰다듬으면서 지난밤의 격렬했던 정사 장면을 떠올렸다.

그러자 화약에 불을 붙인 것처럼 그녀의 온몸이 삽시간에 달아올랐다.

그녀는 사내의 품에 더 깊이 파고들면서 그의 몸을 더욱 힘주어 끌어안으며 속으로 중얼거렸다.
 '사랑해요.'
 그녀는 자신에게서 복수심과 사명감 같은 것들이 깡그리 사라져 버린 것에 대해서 조금도 이상하게 생각하지 않았다.
 오히려 참을 수 없는 흥분이 적멸가인의 온몸을 한 줌의 재로 불태워 버리기 직전이었다.
 늦게 배운 도둑질에 날 새는 줄 모른다고 했다.
 그녀는 스르르 무가내의 몸 위로 기어올라 가 엎드렸다.

 적멸가인이 잠에서 깨어났을 때에는 침상에 그녀 혼자뿐이었다. 물론 실내에는 아무도 없었다.
 그녀는 조금 더 이불 속에서 몸을 꿈틀거리다가 기분 좋게 기지개를 켠 후에 일어나 앉았다.
 몸을 움직이자 하체와 깊은 곳이 뻐근했다. 하지만 행복한 통증이었다.
 알몸의 그녀는 책상다리로 앉은 자세에서 자신의 음부를 내려다보았다.
 문득 신기한 생각이 들었다. 어떻게 남자와의 정사가 그토록 황홀할 수 있는 것인지 아무리 생각해도 답을 알 수가 없었다.
 침상은 그녀가 흘린 앵혈과 말라붙은 점액질로 지저분했다.

지금 그녀는 너무나 행복했다. 이런 행복감은 예전에 눈곱만큼도 느껴본 적이 없었다.

무공 같은 것은 회복하지 않아도 괜찮을 것 같다는 생각이 들었다. 무가내 곁에서 죽을 때까지 머물 수만 있다면 그것으로 족했다.

그런데 그녀는 문득 자신의 체내에서 익숙한 기운이 혈맥을 타고 흐르는 것을 느꼈다.

'설마?'

그녀는 즉시 자세를 잡고 운공조식을 해보았다.

그러자 기다렸다는 듯이 단전에 응집되어 있던 공력이 사지백해로 힘차게 뻗어나가기 시작했다.

'아아… 그가 무공을 회복시켜 주었어……!'

한차례 운공조식을 끝낸 그녀는 감격 때문에 가늘게 몸을 떨면서 비 오듯이 눈물을 흘렸다.

그녀가 쾌감으로 온몸을 떨고 있을 때 무가내는 감쪽같이 그녀의 무공을 회복시켜 주었던 것이다.

적멸가인은 그토록 멋있고 훌륭하며 착한 무가내를 죽이려고 했었다는 사실이 후회스럽기 짝이 없었다.

'나는 바보였어. 가식과 위선투성이인 정협맹 따위가 도대체 뭐라고…….'

척!

그때 방문이 열리고 무가내가 들어섰다. 그는 침상에 알몸으로 앉아 있는 적멸가인을 보며 빙그레 미소 지었다.
"일어났구나."
눈물을 흘리던 적멸가인은 화들짝 놀라서 급히 이불로 몸을 가렸다.
그녀는 부끄러움이 엄습하여 얼굴을 노을처럼 붉히며 고개를 푹 숙였다.
이런 부끄러움은 예전의 그녀에겐 존재하지 않았었다.
그녀는 하루 사이에 정말 많이 변했다. 돌이켜 생각해 보면 예전의 적멸가인이 생소한 남처럼 여겨질 정도였다.
그때 바로 앞에서 무가내의 껄껄 웃는 소리가 들렸다.
"하하하! 정아! 날 그렇게 물어뜯고 할퀴고 난리를 치더니 무슨 부끄러움이냐?"
적멸가인은 깜짝 놀라 고개가 바닥에 닿을 정도로 더 깊이 숙여졌다.
슥.
그때 무가내의 손이 그녀의 머리에 닿더니 부드럽게 쓰다듬어 주었다.
"이제부터 너의 임독양맥을 소통시켜 주려고 하는데, 네 생각은 어떠냐?"
적멸가인은 너무 놀라서 눈을 동그랗게 뜨고 무가내를 올려다보았다.
너무 기쁘고 감격해서 꿈을 꾸는 것만 같았다.

울먹울먹하던 그녀는 급기야 이불을 벗어 던지고 무가내의 품으로 뛰어들며 울음을 터뜨렸다.
"으앙~! 미안해요, 풍 랑! 그리고 고마워요! 흑흑흑!"

요마낭은 무가내만큼 착하고 단순한 소녀다.
무가내가 앞으로 적멸가인과 친하게 지내라는 한마디에 그녀는 여태까지의 태도를 모두 버리고 적멸가인을 가족으로 받아들였다.
그리고 은예상과 요마낭, 그리고 적멸가인 세 여자에게 약간의 변화가 생겼다.
그 변화는 적멸가인이 만들었다.
그녀는 은예상과 동갑내기였지만 그녀를 깍듯하게 '언니'라고 호칭했다.
그리고는 요마낭에게 물었다.
"당신은 풍 랑의 여자인가요?"
무가내와 몸을 섞었느냐는 물음이다.
요마낭은 크게 부끄러워했지만 힘차게 고개를 끄덕였다.
비록 완전한 성공은 아니지만, 어쨌든 무가내 때문에 순결을 잃었으니까 그의 여자라고 해도 지나치지 않았다.
적멸가인이 은예상을 바라보자 그녀는 부드럽게 미소 지으면서 고개를 끄덕였다.
그러자 적멸가인은 주저하지 않고 요마낭을 '둘째 언니'

라고 불렀다.

요마낭은 하늘로 날아갈 것처럼 기뻐했다.

원래 한 남자를 모시는 여자들끼리의 서열에는 나이가 아무런 소용이 없다.

누가 첫째 부인이고 누가 둘째 혹은 셋째인지가 중요할 뿐이다.

적멸가인은 자신을 낮춤으로써 스스로를 무가내의 셋째 부인으로 못 박는 데 성공했다.

그리고 그녀는 정협맹이나 거기에 속했던 사람과의 일들을 깡그리 잊어버리고 무가내의 측근으로 새롭게 태어났다.

정협맹에 가족이라든지 가까운 사람이 많으면 끊는 것이 어렵지만, 워낙 냉정한 성격의 그녀인지라 그런 사람이 거의 없었다.

사부가 있기는 하지만 사형인 북궁연에 의해서 퇴출당해 지금은 그가 어디에 있는지도 모르는 상황이다.

사랑? 그런 것은 해본 적이 없다. 지금 이곳에서 비로소 첫사랑을 하게 되었고 그 대상은 무가내다.

북궁연이 그녀를 사랑하는 것은 혼자만의 짝사랑이다.

사실 그녀는 북궁연보다 화영이 더 좋았다. 하지만 그것도 사랑의 감정은 아니었다.

무가내 일행을 태운 배는 마침내 당하수의 최상류인 쌍산에 도착했다.

늦은 오후라서 지는 해가 쌍산 두 개의 높은 봉우리 사이로 기울어 있었다.

강가에는 뭍에서 강 쪽으로 나무다리가 길게 뻗어 있는데 배는 그곳에 정박했다.

선원들은 배에 남고 무가내와 은예상, 요마낭, 적멸가인 네 사람은 배에서 내려 땅을 밟았다.

네 사람은 누가 가르쳐 주지도 않았는데 한결같이 한쪽 방향을 바라보고 있었다.

강가에서 멀지 않은 야트막한 언덕에 한 채의 아담하고 고풍스러운 장원이 있었다.

무가내는 그 장원이 어머니가 사는 곳이라고 생각했다. 이 근처에는 집이라곤 그 장원 하나뿐이었다.

그는 우뚝 서서 잠시 장원을 바라보다가 이윽고 걸음을 옮기기 시작했다.

무창을 출발하여 이곳까지 오는 동안 여러 심경의 변화를 일으켰던 것과는 달리, 지금 그는 더할 수 없이 평온한 표정이었다.

표정만 그런 것이 아니라 마음도 편안했다. 아마도 큰일에 대범한 그의 성격 탓이리라.

더구나 무창을 출발한 이후 한 번도 은예상과 잠자리를 하지 않고 있다가, 엊그제부터 적멸가인과 은예상 두 소녀와 번갈아가면서 흐벅진 정사를 나눈 것이 긴장을 완화시켜 주는 데 적잖은 도움이 된 듯했다.

무가내는 깨끗한 흑의 경장 차림에 무기는 지니지 않았으며, 머리를 깔끔하게 빗어 하나로 묶었고, 검은색의 가죽신을 신은 흑일색의 모습이었다.

후리후리한 키에 서글서글한 눈과 칼날처럼 솟은 콧날, 크지도 작지도 않은 두툼한 입술, 천하 어디에 내놓아도 타의 추종을 불허할 정도의 미남자가 분명했다.

그의 그런 모습은 두말할 것도 없이 은예상이 정성껏 치장을 해준 덕분이다.

지루해서 몸을 가만히 있지 못하는 무가내를 은예상은 달래고 타이르면서 씻기고 빗기고 입혀 천하에 둘도 없는 미남자로 만들어놓은 것이다.

뒤따르는 은예상과 적멸가인, 요마낭도 새 옷을 입고 한껏 멋을 낸 아름다운 모습들이었다.

네 사람은 마치 방금 하늘에서 하강한 선남선녀들 같았다.

이윽고 네 사람은 장원의 전문 앞에 이르렀다.

전문 위 아담한 현판에는 난연장(爛然莊)이라는 세 글자가 용사비등한 멋진 필체로 적혀 있었다.

무가내가 아련한 눈빛으로 현판을 바라보자 은예상이 옆에서 나직이 설명해 주었다.

"난연(爛然)이란 눈부시게 아름답다는 뜻이에요."

그 말을 듣고 무가내는 아버지가 어머니 단예소를 '난연'이라 불렀을 것이라는 생각이 들었다.

그는 현관에서 시선을 거두고 천천히 전문 앞으로 다가가 멈추었다.

무창을 출발한 이후 팔마영과 십오마영의 모습은 지금껏 보이지 않았다.

아마 그들은 배의 어딘가에 타고 있다가 쌍산에 도착하기 전에 배에서 내려 장원으로 갔을 것이다.

무가내가 손을 대고 가볍게 밀자 전문이 소리없이 안쪽으로 열렸다.

그는 크게 한차례 심호흡을 하고 나서 성큼성큼 전문 안으로 걸어 들어갔고, 은예상과 적멸가인, 요마낭의 순서로 뒤를 따랐다.

전문 안쪽은 아담한 정원이었고 그 너머에 한 채의 고색창연한 전각이 있고, 그 뒤쪽과 좌우에 여러 채의 크고 작은 전각들과 인공 연못, 운교 따위가 자연스럽게 위치해 있었다.

그때 무가내는 정면의 전각 입구 안쪽에서 무엇인가 희끗한 물체가 달려나오는 것을 발견했다.

희끗한 물체는 전각 입구 밖으로 나와 곧장 계단을 달려 내려왔다.

그것은 사람이었다. 하늘하늘 흰 꽃잎 같은 백의에 긴치마를 입은 여인이었다.

그녀는 정원 한복판에 길게 띄엄띄엄 놓인 청석(靑石)을 밟으면서 나풀나풀 한 마리 나비처럼 곧장 무가내를 향해 달려오고 있었다.

이십오륙 세 정도의 나이에 미풍만 불어도 날아가 버릴 듯 가녀린 몸매를 지녔다.

눈부시게 아름다운 얼굴은 백지장처럼 창백했고, 크고 까만 두 눈에서는 하염없이 눈물이 흘러내리고 있었다.

그런데 기이하게도 그녀의 길게 흩날리는 머리카락이 희디흰 백발이었다.

백발여인은 면말(綿襪:버선)도 신지 않은 맨발이었다.

희고 연약한 발이 청석과 맨땅을 밟자 곧 터지면서 피가 흘러나왔다.

그런데도 백발여인은 달리기를 멈추지 않았다.

그녀의 시선은 무가내의 얼굴에 고정되어 있었다.

그리고 얼굴에는 기쁨과 환희, 경악이 뒤범벅되어 가득 떠올라 있었다.

무가내는 백발여인을 발견한 순간 그 자리에서 멈추었다.

멈춘 것은 걸음만이 아니다. 그의 정신도, 심장도 움직임을 멈추었다.

그는 백발여인을 보는 순간 그녀가 어머니일 것이라고 직감했다.

누가 가르쳐 주지 않았어도 알 수 있었다.

너무도 강렬한 끌림을 느꼈기 때문이다. 주체할 수 없을 만큼 강하게 정신과 몸과 마음이 온통 백발여인에게 흡수되고 있었다.

희디흰 맨발에서 피를 철철 흘리면서 한달음에 달려온 백발여인은 무가내의 서너 걸음 앞에서 멈추었다.

미풍이 그녀의 옷자락과 흰 머리카락을 어지러이 흩날렸다.

그녀는 샘물처럼 눈물을 흘리면서 두 팔을 앞으로 내밀었다.

그리고 까칠한 입술이 열리며 흐느끼는 듯한 옥음이 흘러나왔다.

"아들아… 내 아들이 왔구나……."

왈칵! 하고 무가내의 가슴 저 밑바닥에서 무엇인가 치밀어 올랐다.

이곳까지 오는 동안 수만 가지 생각과 초조함과 불안에 사로잡혔었지만, 지금 이 순간 그런 것들은 하나도 기억나지 않았다.

오로지 하나의 마음. 저분이 내 어머니이며, 지금 내 눈앞에 서 있다는 현실만 중요할 뿐이었다.

잠시 멈추었던 백발여인 단예소가 다시 달렸다.

아니, 무가내를 향해 몸을 던졌다.

무가내는 양팔을 활짝 벌렸다가 가슴으로 뛰어드는 그녀

를 힘껏 부둥켜안았다.
 그리고 심장을 쪼개어 토해내듯 일성을 터뜨렸다.
 "어머니!"
 "아들아!"
 두 사람은 서로를 힘차게 끌어안고 몸부림쳤다.
 어머니는 아들을, 아들은 어머니를 어떻게 해야 좋을지 모르는 것처럼 끌어안고 얼굴을 비비면서 자신의 몸 안에 집어넣으려는 듯 결사적으로 몸부림쳤다.
 단예소는 자신의 얼굴을 무가내의 얼굴에 비비며 두 손으로는 그의 등과 어깨를 어루만졌다.
 무가내는 은예상보다 더 가벼운 어머니를 번쩍 들어 올려 안은 채 굵은 눈물만 뚝뚝 흘렸다.
 철이 들고서 처음 흘리는 눈물이다. 어떤 험난한 난관이나 괴로움 앞에서도 꿋꿋하기만 했던 그가 어머니를 안고 피 같은 눈물을 흘리는 것이다.
 단예소는 아들 무가내가 온다는 사실을 조금 전까지도 까맣게 모르고 있었다.
 팔마영과 십오마영은 그녀에게 아무 말도 하지 않고 뭘 조사할 것이 있다면서 장원을 떠났었다.
 그런데 조금 전에 돌아온 두 사람이 갑자기 무가내가 장원에 도착했다고 단예소에게 말한 것이다.
 그 말을 듣는 순간 그녀는 그대로 방을 뛰쳐나와 정원으로 달려나왔다.

그리고 마침내 꿈에 그리던 아들을 만나 품에 안았다.

얼싸안은 두 사람은 떨어질 줄을 몰랐다. 아무 말도 하지 않고 그저 서로를 안고 얼굴을 비비면서 어루만지기만 하고 있을 뿐이었다.

은예상과 요마낭, 적멸가인은 그 광경을 보면서 기쁨의 눈물을 흘렸다.

그러다가 그녀들은 언제 나타났는지 세 명의 흑삼인이 전각을 등지고 나란히 서 있는 모습을 발견하고 깜짝 놀랐다.

특히 임독양맥이 소통되어 공력이 삼 갑자 반, 이백삼십 년에 달하게 된 적멸가인조차도 세 명의 흑삼인이 언제 나타났는지 전혀 몰라서 놀라움이 더했다.

적멸가인과 요마낭은 흑삼인들 때문에 순간적으로 긴장했으나 그들이 우뚝 서 있기만 할 뿐 움직이지 않자 공격할 의사가 없는 것으로 여겨 더 이상 신경 쓰지 않았다.

약 일각의 시간이 흐른 후 무가내가 먼저 조심스럽게 단예소를 품에서 떼어냈다.

단예소는 아쉬운 얼굴이었지만 가만히 있었다.

뒤로 두 걸음 물러난 무가내는 그 자리에 무릎을 꿇고 공손히 절을 올렸다.

"소자 독고풍, 어머니께 인사 올립니다."

그의 늠름한 모습에 단예소는 또다시 눈물이 솟구쳤다.

단예소는 급히 무가내를 잡아 일으켰다.

"어미는 오늘 같은 날이 있을 것이라 믿고 지난 십칠 년 동안을 일각이 여삼추로 기다려 왔단다."

핏덩이 아들을 사대종사에게 내어주고 눈물로 지새운 날들이 어찌 일각을 삼 년처럼 길게 느끼기만 했겠는가.

단예소는 다시는 아들과 헤어지지 않겠다는 듯 그를 붙잡고 뺨을 쓰다듬으며 눈물을 흘렸다.

무가내는 자신의 뺨에 닿은 어머니의 손길이 너무도 따스하다고 느꼈다. 그 손길에서 절절한 모정이 고스란히 전해지고 있었다.

문득 그의 시선이 단예소의 눈처럼 흰 백발로 향했다.

그때 팔마영이 공손한 어조로 입을 열었다.

"십칠 년 전, 대부인께선 소주를 사대종사와 함께 떠나보내시고 매일 소주를 그리워하시다가 한 달 만에 검은 머리카락이 백발로 변해 버렸습니다."

그 말에 무가내는 가슴속에서 뜨거운 것이 울컥 솟구치는 것을 느꼈다.

얼마나 슬픔이 컸으면, 얼마나 자식을 그리워했으면 한 달 만에 검은 머리카락이 흰머리로 세었겠는가.

그것이 아들을 떠나보내고 불과 한 달 만의 일이었다.

그 후 장장 십칠 년 동안 어머니의 가슴이 얼마나 새카맣게 탔을지는 오래 생각해 보지 않아도 상상할 수 있으리라.

"어머니……."

무가내는 손을 뻗어 이십대 중반의 외모에 노파처럼 머리가 새하얀 단예소의 뺨을 어루만졌다.

눈물범벅인 뺨을 어루만지는 손을 통해서 어머니의 아픔이 백분의 일쯤 전해지는 것 같았다.

"소주, 안으로 드시지요."

두 사람이 시간이 가는 줄 모른 채 서로를 만지며 바라보기만 하자 기다리고 있던 팔마영이 조심스럽게 입을 열었다.

"그래. 들어가자꾸나, 풍아."

그제야 단예소는 아들의 손을 잡고 전각으로 이끌었다.

그때 무가내는 단예소를 번쩍 안았다.

단예소는 깜짝 놀랐으나 곧 환하게 미소 지으면서 두 팔로 아들의 목을 안았다.

무가내는 어머니를 안고 성큼성큼 걸었고, 세 명의 마영이 앞장서 안내를 했으며, 은예상 등이 무가내 뒤를 따랐다.

둥근 식탁에 다섯 사람이 둘러앉아서 식사를 하고 있었다.

일남 사녀.

무가내와 단예소가 딱 붙어 앉았고, 무가내 옆에 은예상과 요마낭이, 단예소 옆에 적멸가인이 앉았다.

단예소는 처음 무가내를 발견한 이후 단 한시도 그에게서 눈길을 떼지 않았다.

지금도 그녀는 무가내 곁에 붙어 앉아서 맛있는 요리를 이것저것 골라 그의 밥 위에 올려주는 것으로도 모자라서 직접 입에 넣어주느라 여념이 없었다.

그녀도 그녀지만 무가내도 연신 싱글벙글 웃으면서 어머니가 먹여주는 것을 넙죽넙죽 받아먹었다.

은예상 등은 단예소에게 인사를 드려야 하는데 도무지 틈이 나지 않아서 기회만 엿보고 있는 중이었다.

"어머니도 좀 들어요."

"아니다. 네가 먹는 것만 봐도 배가 부르다."

무가내가 먹기를 권했으나 단예소는 아들에게 먹이는 것을 멈추지 않았다.

무가내 역시 어머니만 보고 있어도 배가 불렀으나 먹지 않으면 그녀가 걱정을 할 것 같아서 웃는 낯으로 열심히 꾸역꾸역 먹어댔다.

그러나 오래지 않아서 한계에 이르렀다.

"하하하! 이제 배가 터질 것 같아요!"

"그래? 어디 보자."

무가내가 손을 젓자 단예소는 손을 뻗어 그의 배를 만졌다.

그가 불룩하게 내민 배를 부드럽게 쓰다듬던 단예소는 만족한 미소를 지었다.

흐뭇한 얼굴로 허리를 펴던 무가내는 그제야 자신의 옆에 은예상이 다소곳이 앉아 있는 것을 발견하고 어? 하는 표정을 지었다.

단예소와 매한가지로 그 역시도 세 여자의 존재를 까맣게 잊고 있었던 것이다.

"하하하! 어머니! 제 마누라… 아니, 아내입니다!"

그는 팔로 은예상의 어깨를 안아 끌어당기며 유쾌한 웃음을 터뜨렸다.

그제야 비로소 단예소의 시선이 무가내에게서 은예상에게 옮겨졌다.

순간 단예소의 눈이 커졌다. 그녀는 놀란 얼굴로 은예상을 요모조모 살펴보았다.

은예상은 시어머니의 관찰 앞에서 몸이 딱딱하게 경직되어 눈도 깜빡이지 못하고 숨도 쉬지 못한 채 얼어붙었다.

이윽고 단예소가 은예상의 얼굴에서 시선을 떼지 못한 채 탄성을 흘려냈다.

"정말 아름다운 아가씨로구나."

은예상은 얼굴을 확 붉혔고, 무가내는 기분이 좋아서 어깨를 으쓱거렸다.

"과찬의 말씀이에요. 어머니의 미모에 비하면 소녀는 보잘 것없어요."

은예상의 말은 그저 겸양이 아니었다. 그녀가 보기에 단예소의 미모는 말로만 듣던 경국지색(傾國之色)이었다.

더구나 아직도 이십대 중반의 외모를 지니고 있기 때문에 은예상의 언니뻘 정도로 보였다.

그때 요마낭이 영롱한 목소리로 거들고 나섰다.

"큰언니는 당금 천하에서 천하제일미로 정평이 나 있답니다."

단예소는 깜짝 놀라는 표정을 지었다.

"그럼 네가 천상옥봉 은예상이로구나."

천하의 소식에 대해서 정통한 단예소는 단번에 은예상의 이름을 알아맞혔다.

"네, 어머니."

"과연… 명불허전이로구나."

그녀는 더욱 감탄하다가 미소를 지으며 은예상에게 가볍게 고개를 숙여 보였다.

"아가, 우리 아들을 잘 보필해 다오."

그 말에 은예상은 너무 감격해서 눈물이 핑 돌았다.

"어머니……."

그런 모습을 본 단예소는 그녀가 미모뿐만 아니라 마음까지도 곱다는 사실을 깨닫고 흐뭇한 마음을 가눌 길이 없었다.

이윽고 그녀는 요마낭과 적멸가인을 번갈아 쳐다보았다.

"이 아가씨들은 누구냐?"

"네. 그녀들은……."

무가내가 대답하려는데 적멸가인이 톡 잘랐다.

"둘째 언니께서는 풍 랑의 둘째 부인이시고, 소녀는 셋째 부인이에요."

무가내가 깜짝 놀라 막 뭐라고 말하려는데 은예상이 살며시 그의 옷깃을 잡아당겼다.

그가 의아한 표정으로 쳐다보자 은예상은 배시시 미소만 지을 뿐이었다.

단예소는 눈을 커다랗게 뜨고 적잖이 놀란 얼굴로 요마낭과 적멸가인을 번갈아 쳐다보았다.

두 소녀는 다소곳이 앉아 가슴을 내밀고 최대한 아름다운 자태를 뽐내려고 애썼다.

단예소의 시선이 적멸가인에게 머물자 은예상이 꾀꼬리 같은 목소리로 입을 열었다.

"어머니, 그녀는 무림제일미로 불리고 있는데, 누군지 아시겠어요?"

"오! 그럼 네가 적멸가인 한정인 게로구나."

적멸가인은 시어머니가 자신의 신분까지 단번에 알아내자 흐뭇하면서도 감격했다.

"네, 어머니."

단예소는 조금 의아한 표정을 지었다.

"너는 정협맹 태무천의 제자가 아니더냐?"

그런데 어째서 무가내와 함께 있느냐는 물음이었다.

적멸가인은 망설임없이 즉답했다.

"그것은 예전의 신분일 뿐, 지금은 풍 랑의 셋째 부인이에요."

단예소는 고개를 끄덕이며 감탄했다.

"과연 무림제일미에 어울리는 미모로구나."

"과찬의 말씀이십니다."

적멸가인은 얼굴을 붉히며 고개를 숙였다. 그녀는 기쁨으로 가슴이 터져서 곧 죽을 것만 같았다.

이윽고 단예소의 시선이 요마낭에게 향했다.

요마낭은 화들짝 놀라 얼어붙어 꼼짝도 하지 못하고 눈을 내리깔았다.

은예상과 적멸가인이 십칠 세의 나이면서도 성숙한 여인의 관능미를 물씬 풍기고 있는 데 반해서 십오 세의 요마낭은 몹시 앳되어 보였다.

아름다움으로는 요마낭도 손색이 없다. 하지만 아직 어리기 때문에 키와 체구가 두 여자보다 작고 왜소해서 여자라기보다는 깨물어주고 싶을 정도로 귀여운 소녀 쪽이라는 인상이 더 강하게 느껴졌다.

평소에는 하늘 높은 줄 모르고 날뛰던 요마낭이었지만 단예소의 시선 앞에서는 꼼짝도 하지 못하고 누군가 자신을 구해주기만 간절히 바라고 있었다.

단예소의 시선이 무가내의 얼굴로 향했다.

그녀의 표정은 '어떻게 이렇게 어린 아이를 부인으로 삼을 수 있느냐?'라는 의문과 약간의 책망이었지만, 무딘 무가내는 알아차리지 못하고 오히려 의기양양했다.
"하하하! 애가 참 귀엽죠?"
 자고로 영웅은 호색이라고 했다. 하다못해 시골의 말단 벼슬아치만 되어도 삼처 사첩을 거느리고, 무림에서도 조금만 명성과 세도가 있으면 능력이 닿는 한 여자를 거느리는 판국이거늘, 대마종의 후예인 무가내에게 삼처쯤이야 흠이 될 것까진 없었다.
 그런 쪽으로 단예소는 이해를 했다. 십칠 년 만에 처음 만난 아들인데 다 늙은 할머니를 데리고 와서 아내라고 소개하지 않는 것이 다행이었다.
 "어머니, 둘째는 요선일미(妖仙一美) 요마낭이라고 불리며 풍 랑에게는 없어서는 안 될 아주 소중한 존재랍니다."
 그때 은예상이 공손한 어조로 아뢰었다.
 물론 요선일미라는 것은 그녀가 임기응변으로 방금 만들어낸 아호였다.
 단예소를 속일 마음은 없었다. 다만 궁지에 몰린 요마낭을 도우려는 작은 배려일 뿐이었다.
 그리고 은예상은 그 마음을 단예소가 알아주기를 원했다. 그래서 자신과 적멸가인 때와는 달리 '요선일미 요마낭'이라는 이름을 밝힌 것이다.
 단예소는 그런 은예상의 마음을 읽었다. 그래서 고개를 끄덕이며 요마낭을 바라보며 포근한 미소를 지었다.

"웅. 네가 요선일미 요마낭이로구나. 요마후하고는 어떤 사이더냐?"

그런데 그녀의 배려가 너무 앞질러 갔다. 그녀는 요선일미의 '요선'이 필시 사독요마의 요선계와 관계가 있을 것이고, 그렇다면 요마낭이 요선계주인 요선마후와 관계가 있을 것이라고 짐작한 것이다.

"그분은……."

요마낭이 대답을 못하고 쩔쩔매자 무가내가 빙그레 웃으며 대답했다.

"하하! 어머니, 낭아는 요계십화 중 요계이화 설란요백의 손녀입니다."

"아… 그렇구나."

단예소는 고개를 끄덕이면서 더 이상 요마낭에 대해서 거론하지 않았다.

第七十章
아버지의 내단(內丹)

무가내와 단예소는 그날 밤을 꼬박 지새우면서 많은 이야기를 나누었다.

무가내는 오악도에서 사대종사와 함께 살아온 십칠 년 동안을 이야기했고, 단예소는 그를 사대종사와 함께 떠나보내기 직전과 그 이후의 일들을 이야기했다.

그 자리에는 은예상과 적멸가인, 요마낭도 함께 있었다.

그녀들은 두 사람의 이야기를 들으면서 쉴 새 없이 눈물을 흘리고 또 흘렸다.

무가내는 웃으면서 아무렇지도 않은 듯 오악도에서의 생활을 이야기했다.

하지만 단예소를 비롯한 네 여자에겐 하나하나가 모두 가슴이 아프고 마음을 졸이게 하는 것들뿐이었다.

어머니는 아들이 그처럼 힘겹게 살았다는 사실 때문에, 아내들은 낭군이 그토록 처절하게 생과 사를 넘나들었다는 것 때문에 눈물을 그치지 못했다.

단예소의 설명에 의하면, 대마종은 사대종사와 함께 별유선당의 함정에 빠졌다가 구마영의 필사적인 도움으로 돌아올 수 있었다고 한다.

그 과정에서 구마영 중에 다섯 명이 죽고 지금의 사마영만이 살아남게 되었다.

또한 대마종은 무공을 사용할 수 없을 정도의 심각한 중상을 입은 상태가 되었다.

그 즉시 대마종과 단예소는 이곳 쌍산에 난연장을 짓고 은거를 시작했다.

그러는 사이에 대마종의 도움으로 별유선당을 빠져나온 사대종사는 별유선당에서 대마종에게 받았던 명령을 이행하고 있었다.

즉, 천하 어딘가에 있을 극음양교호맥이 교차하는 장소를 찾아 헤맸다.

대마종이 죽지 않고 숨이 붙어 있는 상태에서 극음양교호맥에 들어가 천마신위강을 연공하면 음신(陰神)과 양신(陽神)을 자유자재로 만들 수 있는 출십입화지경(出神入化之境), 즉

화경(化境)을 이루게 된다.

무림사 이래 인간의 몸을 지닌 채 화경에 도달한 인물은 단 한 명도 없다.

그러므로 대마종이 화경을 이루기만 하면 중상이 깨끗이 치료되는 것은 말할 것도 없고, 예전하고는 비할 수 없을 정도로 강해진다.

별유선당의 함정에 빠졌을 때 대마종은 사대종사에게 명령했다. 자신은 무슨 수를 써서라도 탈출할 테니, 너희는 반드시 극음양교호맥을 찾아내라고.

마침내 사대종사는 천하 구석구석을 헤맨 끝에 동해 망망대해 한복판의 무인도, 즉 오악도에서 극음양교호맥을 찾아내는 데 성공했다.

그때가 대마종의 명령을 받고 이 년이 지난 후였다.

그들은 한달음에 쌍산 난연장으로 달려왔다.

그러나 그들을 반긴 것은 대마종이 아니라 그의 싸늘한 주검이었다.

대마종은 이 년 동안 근근이 버티다가 사대종사가 오악도의 극음양교호맥을 발견한 다음날 숨을 거두었다.

사마총혈계의 총계주이며 사독요마의 태양이 시골구석 쌍산의 초라한 장원에서 파란만장한 생을 쓸쓸히 마감한 것이다.

사대종사는 하늘이 무너지는 충격을 받았다. 그로써 사마총혈계도, 사독요마도 모두 끝났다고 생각했다.

그들은 대마종의 시신 앞에서 피를 토하며 절규했다.

눈앞의 현실이 믿어지지 않았다. 자신들의 영원한 우상이며 하늘이 자신들보다 먼저 숨을 거두었다는 사실을 받아들일 수가 없었다.

그러나 희망의 빛은 완전히 꺼진 것이 아니었다.

절통하고 있는 그들 앞에 단예소가 낳은 지 한 달도 채 안 되는 어린 사내 아기를 안고 나타난 것이다.

그리고 단예소는 대마종의 친필 유서를 사대종사에게 건네주었다.

유서에는 자신의 아들을 극음양교호맥이 있는 곳으로 데려가서 키우되 금만등을 이룬 후에야 중원에 출도시키라는 것과 무슨 무공을 어떤 방식으로 가르치라는 자세한 내용들이 적혀 있었다.

그렇게 하여 어린 독고풍은 단예소의 품을 벗어나 사대종사와 함께 떠났던 것이다.

그리고 십칠 년이 지난 지금 무가내라는 이름으로 아리따운 아내 셋을 데리고 어머니를 만나러 돌아왔다.

정원에서 세 소녀 은예상과 요마낭, 적멸가인이 산책을 하고 있었다.

무가내는 어머니가 중요한 일로 어딘가에 데려가고 세 소녀만 남아 있었다.

은예상과 적멸가인은 마치 진짜 자매인 것처럼 나직한 목소리로 담소를 나누다가 소리를 높여 웃기도 하면서 정원을 거닐었다.

두 사람은 원래 총명하고 학식이 풍부하기 때문에 무슨 대화를 나누어도 막히지 않고 잘 통했다. 그래서 더 가까워질 수 있었다.

하지만 요마낭은 두 소녀의 대화에 끼어들지 못하고 어색하게 그녀들의 뒤를 따랐다.

학식에서 그녀들을 따르지 못하는 이유도 있었지만 진짜 이유는 달리 있었다.

모두 함께 웃고 떠들 때는 느끼지 못했는데, 셋만 남게 되니까 본연의 신분과 무가내의 둘째 부인이라는 신분 어느 것에도 적응을 하지 못하고 있는 것이었다.

그러나 곰곰이 생각을 해보니 아무래도 자신이 무가내의 둘째 부인이라고 생각하기에는 많은 무리가 따랐다.

적멸가인이 둘째 언니라 불러주고, 은예상도 둘째로 인정해 줄 때는 그것에 취해서 어영부영 대충 묻어서 갔는데, 그 과정이 지나고 나니까 자신은 무가내의 둘째 부인이라기보다는 수하에 가깝다는 생각이 들었다.

그때 은예상이 요마낭을 돌아보며 미소를 지었다.

"둘째, 이리 와서 함께 얘기해."

요마낭은 가볍게 놀랐다가 고개를 푹 숙였다. 은예상이 둘째라고 부르는 호칭을 감당하기 어려웠던 것이다. 그만큼 요마낭은 솔직한 성격이고 자신의 감정에 충실했다.

은예상과 적멸가인은 멈춰서 뒤돌아보며 요마낭이 다가오기를 기다렸다.

요마낭은 쭈뼛거리면서 다가와 은예상 앞에 자세를 바로하고 조심스럽게 입을 열었다.

"주모."

원래의 호칭을 되찾은 것이다.

"둘째……."

"둘째 언니."

은예상과 적멸가인이 동시에 놀라는 표정을 지었다.

요마낭은 입술을 잘근 깨물고 나서 진지한 표정으로 자신의 진심을 토로했다.

"주모, 속하가 한동안 제정신이 아니었던 것 같아요. 부디 용서하세요."

"왜 그런 말을……."

"속하는 주군의 수하이지 부인이 아닙니다. 이제라도 정신을 차리고 본분에 충실하겠어요."

그렇게 말하고 요마낭은 깊숙이 허리를 굽혔다. 그녀로서는 대단한 결심이다.

총명한 적멸가인은 그녀가 원래는 무가내의 수하였다는

사실을 금세 알아차렸다.

하지만 나서지 않고 가만히 있었다. 자신이 나설 자리가 아니라고 생각한 것이다.

은예상은 요마낭의 마음을 충분히 헤아릴 수 있었다.

어린 그녀가 수하가 아닌 한 사람의 여자로서 무가내에게 사랑받고 싶어하는 심정을 진작부터 알고 있었는데, 그녀가 뒤늦게 자신의 행동이 도에 넘친다고 자각한 듯했다.

아무리 은예상이 자비롭고 착하다고 해도 그녀 역시 여자다. 그러므로 사랑하는 무가내를 다른 여자들하고 공유하는 것을 원치 않는다. 그것이 솔직한 심정이다.

그러나 그런 자신의 심정보다 무가내가 원하는 것이 무조건 우선시되어야 한다는 게 그녀의 신념이었다.

무가내는 영웅이다. 그는 장차 천하 위에 군림할 절대자가 될 것이다.

그런 위대한 사람을 혼자서만 독차지하는 것은 지나친 욕심이라고 은예상은 생각하는 것이다.

물론 무가내가 아직 여자의 심리에 대해서 잘 모르고, 또 부부지도에 대한 상식이 부족하다는 것을 잘 알고 있다.

또한 그가 얼마나 은예상 자신을 사랑하고 있는지도 잘 알고 있다.

아마 은예상이 그에게 '절대 다른 여자를 쩝쩍대지 마라'고 주문한다면 그는 그대로 지킬 것이다.

아니면 부부지도란 남녀가 서로 알뜰히 사랑하고 외도를 하지 않는 것이라고 가르칠 수도 있다.
 하지만 은예상은 그럴 마음이 없다. 그것은 어떤 의미에서는 자유분방한 무가내를 옭아매는 족쇄이기 때문이다.
 그런 족쇄로 묶으면 무가내는 필경 불편해할 것이다. 그것은 은예상이 원하는 바가 아니다.
 그래서 그녀는 무가내가 원하는 여자를 질투하기보다는 인정하고 받아들여서 사이좋게 지내는 것이 좋다는 나름대로의 현명한 결론을 내린 것이다.
 '무가내의 여자'라는 것은 그가 동침한 여자를 가리킨다.
 요마낭은 잠시가 지나도록 은예상이 아무런 말이 없자 초조한 얼굴로 조심스럽게 고개를 들었다.
 그러다가 자신을 응시하고 있는 은예상과 눈이 마주치자 화들짝 놀라 급히 고개를 숙였다.
 가슴이 콩닥콩닥 뛰고 온몸의 피가 머리로 다 몰린 것처럼 놀랐다.
 요마낭은 초일류고수 수준이고 은예상은 무공을 전혀 모르다시피 한데도 요마낭은 은예상 앞에 서기만 하면 기를 펴지 못했다.
 그녀가 무가내의 첫째 부인이라서가 아니었다. 설혹 그녀가 무가내와 아무런 연관이 없는 사람이라고 해도 요마낭은 그녀를 어려워할 것 같았다. 은예상은 상대를 압도하는 기품과 위엄을 지닌 여자였다.

"낭 호위."

이윽고 은예상이 입을 열었다. 그런데 그 호칭이 본분을 가리키는 것이라서 요마낭은 움찔 놀랐다.

이제야 제대로 되는 것 같아서 마음이 놓이면서도, 왠지 서운한 감정이 드는 것을 어쩌지 못했다.

적멸가인은 그제야 요마낭의 본분이 무가내의 측근 호위라는 사실을 알게 되었다.

"하명하세요."

요마낭은 예를 갖추려고 애를 쓰면서 공손히 말했다. 하지만 목소리에는 섭섭하다는 느낌이 배어 있었다.

"풍 랑과 몸을 섞었나요?"

단도직입적인 질문이다.

당사자인 요마낭도, 듣고 있는 적멸가인도 적잖이 놀란 표정을 지었다.

그러나 두 사람은 은예상이 그렇게 물을 수밖에 없는 입장을 이해할 수 있었다.

요마낭은 즉시 대답을 하지 못했다. 자신이 생각해 봐도 무가내와 몸을 섞었는지 아닌지 애매하기 때문이었다.

그것이 아직 그녀가 어리다는 증거다. 하긴, 조금 더 철이 들었다면 지난번처럼 그렇게 우격다짐으로 무가내에게 자신의 순결을 바치려고 하지도 않았을 것이다.

"저도 잘 모르겠어요."

결국 그녀는 애매한 표정으로 대답했다.

은예상과 적멸가인은 의아한 표정을 지었다. 관계를 했으면 한 것이고 아니면 아니지, 잘 모르겠다는 것이 무슨 뜻이란 말인가.

그러나 총명한 은예상은 무엇인가를 짐작한 듯했다. 하지만 그것을 묻자니 너무 적나라한 것 같아 머뭇거렸다.

그때 적멸가인이 은예상이 했던 질문을 다시 했다.

"풍 랑과 당신이 관계를 가졌었나요?"

은예상과 요마낭은 깜짝 놀라 적멸가인을 쳐다보았다.

그러나 적멸가인은 진지한 얼굴로 요마낭을 주시할 뿐, 부끄러워하지 않았다.

은예상도 그것을 물으려고 머뭇거렸던 것이다. 하지만 반드시 짚고 넘어가야 할 일이기도 했다.

"네······."

"그래서 어땠나요?"

요마낭이 기어드는 목소리로 대답하자 적멸가인이 집요하게 다시 물었다.

"피가··· 나왔어요."

적멸가인은 들을 말을 들었다는 듯 은예상을 쳐다보았다.

은예상은 미소를 지으며 고개를 끄덕였다.

"그럼 됐어. 낭 호위는 둘째 부인의 자격이 있어."

"하지만……."

요마낭은 큰 시름을 던 듯한 표정으로 두 눈에 눈물을 글썽 거렸다.

"하지만 뭐지?"

낭 호위라고 부를 때는 존어를 쓰다가 둘째 부인으로 인정하니 다시 말을 놓는 은예상이다.

요마낭은 더욱 쭈뼛거렸다. 또한 여간해서는 부끄러움을 모르는 그녀의 얼굴이 잘 익은 사과처럼 붉어졌다.

"제대로 하지 않았어요. 그래서……."

단도직입적인 적멸가인이 대뜸 물었다.

"둘째 언니, 제대로 하지 않았다는 것은 무슨 뜻인가요?"

요마낭의 얼굴이 새빨개지고 말을 심하게 더듬었다.

"주군… 아니, 푸, 풍 랑의 그것이… 제 속으로… 쪼오…끔… 들어가다가 말았어요."

"쪼오끔?"

적멸가인은 이해하기 어렵다는 표정을 지었다.

"풍 랑은 그런 성격이 아닌데, 왜 넣다가 도로 뺐을까요?"

표현이 지나치리만치 노골적이지만 적멸가인은 원래 말을 돌려서 할 줄 모른다.

"푸… 풍 랑이 아니라… 내가 그냥 올라가서 넣다가… 풍 랑이 벌떡 일어나는 바람에… 그만……."

그제야 은예상과 적멸가인은 어떻게 된 일인지 알게 되

었다.
 무가내는 요마낭과 몸을 섞을 마음이 없었는데, 그녀가 억지로 하려다가 제지를 당한 것이었다.
 하지만 어쨌든 간에 한 것은 한 것이다.
 "부, 부탁이 있습니다!"
 갑자기 요마낭이 차렷 자세로 깊숙이 허리를 굽혔다.
 "풍 랑과 제대로 할 수 있게 두 분이 도와주세요!"
 어이없는 부탁이다.
 두 소녀는 서로의 얼굴을 쳐다보다가 기가 막힌 듯 실소를 흘리고 말았다.

 단예소는 무가내의 손을 잡고 나선형으로 빙글빙글 굽은 돌계단을 계속 내려갔다.
 계단 양쪽에는 몇 걸음 간격으로 유등이 걸려 있어서 그리 어둡지 않았다.
 이곳은 난연장의 본채 뒤쪽에 있는 작은 전각의 지하다.
 단예소는 어디 갈 곳이 있다면서 무가내를 이곳으로 데리고 왔다. 하지만 이곳에 대한 설명은 일체 하지 않았다.
 두 사람의 뒤에 팔마영과 십오마영, 그리고 또 한 명의 마영인 삼십사마영이 따르고 있었다.
 삼십사마영은 지난 이십여 년 동안 단 한순간도 단예소의 곁을 떠나지 않고 그림자처럼 모셔왔었다.

지하실로 들어서기 시작한 지 일다경쯤 지났을 때 일행은 비로소 바닥에 닿았다.

그곳은 아담한 지하 광장이었다. 여기저기 질서있게 놓인 석등이 빛을 발하고 있으며, 한쪽의 단상에 길고 높은 휘장이 쳐져 있다는 것 외에는 특이한 점이 눈에 띄지 않았다.

단예소는 무가내의 손을 잡고 휘장이 드리워져 있는 단상으로 이끌었다.

두 사람은 단상 앞에 나란히 섰고, 세 명의 마영이 그 뒤에 시립했다.

실내에는 엄숙함이 자욱하게 흘렀다.

무가내는 어머니를 쳐다보았다.

그녀의 얼굴은 전면의 휘장을 향해 있었고, 엄숙한 중에도 기쁜 표정이 은은했다.

"원진(元進)."

이윽고 단예소가 나직이 입을 열자 팔마영이 그녀에게 공손히 허리를 굽힌 후 즉시 휘장을 향해 걸어갔다. 원진이란 팔마영의 이름이었다.

촤아아.

원진이 휘장을 잡고 단상의 끝으로 걸어가자 휘장이 걷어지며 안쪽의 광경이 드러났다.

"아······!"

무가내는 긴장한 얼굴로 단상을 보고 있다가 자신도 모르게 나직한 탄성을 터뜨렸다.

 단상에는 바닥에서 한 자 높이의 둥근 단이 있고, 그 위에 한 명의 중년인이 가부좌의 자세로 앉아 있었다.

 무가내는 중년인을 보는 순간 그가 자신의 아버지인 대마종일 것이라고 직감했다.

 중년인은 삼십 년쯤 후의 무가내의 얼굴을 보는 듯한 용모를 지니고 있었다.

 일신에는 먹물처럼 검은 흑삼을 입었으며, 단정하게 빗어 올린 머리는 상투를 틀었고, 두 손은 가지런히 무릎에 올려놓은 모습이다.

 무가내의 눈길이 이끌리듯 중년인의 얼굴로 향했다.

 짧고 검은 수염을 코밑과 입 주위에 길렀으며, 두 눈을 고요히 감았고, 얼굴 전체에 은은한 화색이 감돌았다.

 누가 봐도 그 모습은 운공조식을 하고 있는 것이 분명했다.

 무가내는 적잖이 흥분하여 어머니를 쳐다보았다.

 아버지가 죽었다면서 저렇게 살아 있지 않느냐고 그의 표정이 항변하고 있었다.

 단예소는 무가내의 손을 잡고 중년인 쪽으로 조금 더 가깝게 이끌었다.

 그리고는 손을 놓고 나서 가라앉은 목소리로 나직이 말문을 열었다.

"풍아, 아버님이시다. 인사드려라."

무가내는 한 걸음 앞으로 걸어가 두 손을 앞에 모으고 무릎을 꿇었다.

"향부터 피워라."

그의 뒤에서 단예소의 조용한 목소리가 들려왔다.

무가내는 엉거주춤 일어나 의아한 표정으로 어머니를 돌아보았다.

"향은 왜……."

"말하지 않았느냐? 아버님은 네가 태어나기 한 달 전에 돌아가셨단다."

"……."

무가내는 멍한 표정을 지었다. 아버지가 죽었다는 말을 들었으나 지금 생전과 다름없는 모습을 보고는 그가 살아 있다는 착각을 했던 것이다.

"아버님은 성장한 너를 꼭 보고 싶어하셨단다. 그리고 자신의 모습을 너에게 보여주길 원하셨지. 그래서 돌아가시기 직전에 운공조식을 하여 돌아가셔서도 생전의 모습을 그대로 유지시키셨단다."

잠시 기쁨으로 설레던 마음이 슬픔으로 변했다. 그리고 아들을 꼭 보고 싶고, 당신의 모습을 아들에게 보여주고 싶었다는 말에서 무가내는 말로는 형언하기 어려운 진한 아버지의 정을 느꼈다.

그제야 그는 아버지 앞에 검은색의 작은 향로가 놓여 있는 것을 발견했다.

그가 향을 쥐자 원진이 공손히 불을 붙여주었다.

무가내가 향로에 향을 꽂고 물러나 절을 시작하자 뒤에서 단예소가 세 번 절을 하라고 일러주었다.

그는 세 번 절을 한 후에 그 자리에 무릎을 꿇고 아버지의 유체를 바라보았다.

당장이라도 눈을 뜨고 껄껄 웃으며 '내 아들이 왔구나!' 외칠 것만 같은 아버지의 모습이었다.

그때 단예소도 향을 꽂은 후 무가내 옆에서 남편을 향해 절을 올렸다. 세 명의 마영은 그녀의 뒤에 나란히 늘어서 같이 절을 했다.

절을 마친 단예소는 그리움이 가득한 눈빛으로 남편을 바라보며 입을 열었다.

"네 아버님은 강한 분이셨단다. 무공만이 아니라 의지력도 매우 강해서 무엇이든 한 번 하겠다고 작정을 하면 반드시 이루셨었지."

무가내는 아버지를 바라보며 생전의 그의 모습을 그려보려고 노력했다.

"그러나 네 아버님이 끝내 이루지 못한 것이 한 가지 있단다. 바로 '천하일통'이지."

'천하일통!'

무가내는 내심 움찔했다. 자신도 지금 천하를 일통하려는 꿈을 지니고 있는데, 아버지도 그런 야망을 지녔었다니 우연이라기에는 기이했다.

 "네 아버님께서는 천하를 일통한 후에 천하무림을 정의롭고 올바르게 통치하려고 하셨다. 그리고 외세(外勢)로부터 지키려고 하셨지."

 그것은 무가내와 달랐다. 그는 단지 천하를 일통하여 그 위에 군림하고 지배하겠다는 단순한 생각만 했었지, 무엇 때문에 천하를 일통해야 하는지, 일통한 후에는 어떻게 지배를 해야 하는지는 구체적으로 생각한 적은 없었다.

 그저 그런 것은 나중에 생각해도 된다고 멀찌감치 밀어놓아 두었었다.

 그런데 아버지는 확고부동한 목적의식을 품고 천하일통을 꿈꾸었었다. 그러나 끝내 실현시키지 못하고 생을 마감했다.

 또한 아버지는 일통한 천하를 정의롭고 올바르게 통치하려고 계획했다.

 그 말은 무가내를 놀라게 만들기에 충분했다.

 정협맹은 지난 이십여 년 동안 천하무림을 장악하고 있었지만 추호도 정의롭고 올바르게 통치하지 못했다.

 그리고 외세, 즉 대천신등 같은 세력이 또다시 침공을 하면 막아낼 수 있는 힘마저도 키우지 못했다.

정협맹은 사독요마를 이용하고 또 배신한 대가로 천하를 장악했으나 모든 것에서 실패했다.

깊은 생각에 잠겨 있는 무가내의 귓전에 어머니의 자늑자늑한 음성이 전해졌다.

"천하무림은 혼천대전 이전에도 혼란스러웠었단다. 천하 도처에서 매일 크고 작은 싸움이 끊이지 않았지. 불도진명계나 강호유림계, 사마총혈계 모두 마찬가지였단다. 그러던 차에 너의 아버님께서 분연히 일어나 사마총혈계를 일통시키고 천하의 사독요마에게 일체의 악행을 금지하는 법령을 선포하셨다. 그 덕분에 그나마 천하의 절반만이라도 평화로울 수가 있었던 게지."

무가내의 가슴속에서 부친에 대한 생각이 점차 존경심으로 변하기 시작했다.

오악도에서도, 중원에 출도한 이후에도 제대로 된 자아(自我)를 갖고 있지 못했던 그에게 아버지의 영향이 강하게 작용하기 시작했다.

"혼천대전 이후 천하무림을 장악하고 탕마령을 발동한 정협맹으로 인하여 천하무림은 혼천대전 이전보다 더한 아비지옥으로 변해 버렸단다. 예전에는 자유라도 있었으며 무림인이 아닌 백성들은 그나마 작은 평화를 누리기라도 했었으나, 정협맹 치하에서는 무림인이나 백성 모두 자유도 없이 오직 핍박과 가혹한 약탈만이 만연했을 뿐이란다."

이대로 방치한다면 천하무림은 더더욱 헤어날 수 없는 도탄에 빠지고 말 것이다.

그것은 불을 보듯 뻔한 일이다. 그런데 대천신등마저 중원을 재침공하려고 독아(毒牙)를 드러내고 있다.

단예소의 목소리에 지그시 힘이 들어갔다.

"네 아버님께선 자신이 이루지 못한 대업을 네가 대신 이루어주기를 원하셨단다."

무가내는 가늘게 떨리는 눈으로 아버지를 바라보았다.

가슴속에서 무엇인가 부글부글 끓어오르고 있는데 그것이 무엇인지 알 수 없었다.

잠시의 침묵이 흘렀다. 무가내는 아버지를 뚫어지게 주시하면서 지그시 어금니를 악물며 깊은 생각에 잠겨들었다.

한참이 지나도록 단예소는 아무 말도 하지 않고 남편의 모습만 주시하고 있었다.

얼마나 오랜 시간이 지났을까. 하염없이 이렇게 앉아 있을 수만은 없다고 생각한 단예소가 이윽고 결단을 내렸다.

"풍아, 올라가서 아버님을 한 번 안아드려라."

무가내는 상념에서 깨어나 몸을 일으켜 천천히 단상으로 올라섰다.

이어서 아버지에게 다가갔다. 가까이에서 보니까 아버지는 무가내보다 체구가 절반은 더 컸다. 거인이라고 할 수 있는 체구였다.

무가내는 위압감을 느꼈다. 하지만 그보다는 친밀감을 더 느꼈다. 아니, 부성애(父性愛)라고 해야 옳았다.

그는 아버지 앞에 멈추어 무릎을 꿇고 몸을 곤추세우고는 천천히 상체를 앞으로 기울이며 두 팔을 뻗었다.

"멈추어라!"

무가내의 두 손이 막 아버지의 양어깨에 닿으려는 순간 단예소가 마치 경기를 하는 어린아이처럼 발작적으로 날카롭게 소리쳤다.

무가내는 깜짝 놀라 어머니를 돌아보다가 안색이 변했다.

그녀의 얼굴이 온통 눈물범벅이고 얼굴에 절박한 표정이 가득 떠올라 있는 것을 발견했기 때문이다.

"어머니……"

무가내가 놀라서 일어나려고 하자 단예소가 팔을 뻗으며 제지했다.

"일어나지 마라."

무가내는 다시 앉았다. 그리고 상체를 돌려 어머니를 쳐다보며 복잡한 표정을 지었다.

단예소는 아들이 보고 있는 중에도 계속 눈물을 흘렸다.

무가내는 어머니가 우는 이유를 알지 못하지만 그 모습을 보니까 가슴이 미어지는 것 같았다.

그런데도 어머니가 일어나지 말라고 했기 때문에 달려가 위로해 줄 수도 없어서 더욱 애가 탔다.

여자는 연약하지만 어머니는 강하다고 했다.

단예소는 입술을 피가 나도록 힘껏 깨물고 나서 울음기가 남아 있는 목소리로 입을 열었다.

"됐다. 아버님을 안아드려라."

그러면서 그녀는 남편에게서 시선을 떼지 않았고 눈도 깜빡이지 않았다.

무가내가 어머니에게서 시선을 거두며 그 뒤에 나란히 시립해 있는 세 명의 마영을 얼핏 보자 그들의 얼굴이 하나같이 일그러져 있었다.

어머니와 그들이 왜 그러는지 이유를 알지 못하지만, 얼른 아버지를 안고 나서 물어봐야겠다고 생각했다.

무가내는 자세를 바로 하고 두 팔을 뻗어 천천히 아버지를 안아갔다.

가슴이 심하게 쿵쾅거리고 얼굴이 화끈거리며 두 눈이 뜨거워졌다.

아버지는 유체로나마 아들을 만나겠다는 일념으로 내공을 발휘하여 몸을 보존하고 있었다.

얼마나 아들이 보고 싶었으면 그랬겠는가, 하는 생각에 무가내는 울컥 눈물이 솟구쳤다.

"아버지······."

그는 흐느낌이 섞인 중얼거림을 흘려내며 두 팔로 아버지를 안았다.

아버지의 내단(內丹)

그리고 아버지의 뺨에 자신의 뺨을 갖다 댔다.

싸늘한 감촉이지만, 그는 아버지의 따뜻한 정이 뺨과 온몸을 통해서 전해지는 것을 느꼈다.

"아버지……!"

그는 더 가까이 몸을 밀착시키면서 힘주어 아버지를 안았다.

할 수만 있다면 무슨 수를 써서라도 아버지를 다시 살려내고 싶은 마음이 굴뚝같았다.

바로 그때였다.

푸스.

이상한 소리가 들리면서 무가내는 갑자기 허공을 안고 있는 느낌을 받았다.

그 바람에 몸이 기우뚱 앞으로 엎어지려고 했다. 급히 중심을 잡고 아버지를 쳐다보던 그의 얼굴이 하얗게 질렸다.

아버지가 사라져 버렸다.

그 대신 아버지가 앉아 있던 야트막한 대 위에 모래 같은 흰 가루가 수북하게 쌓여 있었다.

"아… 버지……."

무가내는 망연자실한 얼굴로 수북한 가루를 굽어보면서 중얼거리며 눈을 껌뻑거렸다.

자신이 착각을 하고 있거나 무엇인가 잘못된 것이 분명했다.

방금까지 품에 안고 있던 아버지가 찰나지간에 사라질 리가 없었다.

"으흐흐흑!"

그때 뒤에서 단예소의 애간장을 끊는 듯한 울음소리가 터져 나왔다.

무가내는 정신이 반쯤 나간 얼굴로 뒤돌아보았다.

어머니는 무릎을 꿇고 앉은 채 엎드린 자세로 얼굴을 바닥에 대고 손가락으로 바닥을 쥐어뜯듯이 긁으며 애통하게 오열하고 있었다.

무가내는 아버지의 유체가 사라졌기 때문에 어머니가 저리도 구슬프게 우는 것이라고 생각했다.

그는 당장 주먹으로 자신의 머리를 짓이겨서 죽어버리고만 싶었다.

아버지의 유체를 사라지게 만들다니, 법도와 예절을 떠나서 그런 짓을 저지른 자신을 용서할 수가 없었다.

그는 일어나서 비틀거리며 어머니에게 다가가 그녀 앞에 무너지듯 무릎을 꿇었다.

"어머니… 용서해요… 내가……."

그가 이마를 바닥에 대고 몸을 떨며 용서를 구하자 단예소가 고개를 들었다.

그녀는 실로 비통한 모습이었다. 얼굴이 온통 눈물범벅이 되어 무가내를 바라보고 있었다.

무슨 말을 하려는 듯했는데 울음 때문에 말이 되어 나오지 않는 것 같았다.

그저 가늘게 떨리는 손으로 무가내의 뺨을 어루만질 뿐인데도 자꾸만 손이 미끄러져 내렸다.

그때 팔마영 원진의 목소리가 들려왔다.

"소주, 주인님께선 순전히 내공만으로 옥체를 장장 십칠 년 동안 유지해 오셨습니다. 그러므로 건드리는 순간 자연히 옥체가 가루로 화하는 것은 당연합니다."

무가내는 눈을 커다랗게 뜨고 무슨 소리냐는 듯 원진을 쳐다보았다.

원진과 두 명의 마영은 단예소의 뒤에 나란히 부복하고 있었다. 주인의 유체가 가루가 되는 순간 그들은 그 자리에 무너졌던 것이다.

고개를 들어 간신히 말을 잇는 원진의 눈에서도 굵은 눈물이 뚝뚝 떨어지고 있었다.

"주인님의 옥체가 가루가 된 것은 소주의 잘못이 아닙니다. 소주께서 잠시나마 주인님을 안고 계실 수 있었던 것이 오히려 기적 같은 일입니다. 아마도 주인님께서… 소주를 안고 싶으셨던 것 같습니다……."

비감한 목소리 끝에 울음이 배어났다.

순간 무가내의 두 눈에서 시퍼런 안광이 쏟아졌다.

"이놈아! 너는 아버지를 건드리면 부서진다는 사실을 알면서도 내가 아버지를 안고 있는데 어째서 가만히 보고만 있었단 말이냐?"

그는 분노하여 원진을 응징하려고 천마신위강을 끌어올려 오른손을 쳐들었다.

"풍아, 그것은 네 아버님의 뜻이었단다……!"

그때 단예소가 비통하게 소리쳤다.

"아버지의 뜻이라고요?"

무가내는 분노가 가시지 않은 듯 내뱉었다.

"그렇단다. 아버님께 가보아라. 그럼 알게 될 것이다."

그는 못미더운 표정으로 주춤주춤 가루가 된 아버지가 있는 곳으로 다시 돌아갔다.

"유체를 살펴봐라."

무가내가 가루 더미 앞에서 멀뚱거리고 앉아 있자 단예소가 일러주었다.

그가 감히 아버지의 유체를 건드리지 못하자 단예소가 다가오며 타이르듯 말했다.

"거기에 네 아버님께서 네게 남긴 것이 있단다. 자세히 찾아보아라."

'내게 남긴 것이 있다고?'

그제야 무가내는 조심스럽게 손을 뻗어 가루를 가만히 이리저리 헤쳐 보았다.

툭.

아버지의 내단(內丹)

그때 손가락 끝에 뭔가 걸리는 것이 있었다. 그것을 잡아 들어보니 호두알 크기의 구슬이었다.

가루를 털어내고 살펴보았다. 불그레하면서 은은한 빛을 발하고 있는데 매끄럽지 않고 약간 울퉁불퉁한 돌기가 전체에 나 있었다.

"먹어라."

무가내 옆에 단정하게 무릎을 꿇은 단예소가 여태까지와는 달리 정색을 하고 말했다.

냉정한 어투였고 어딘지 명령조였다.

무가내는 구슬에 아직 붙어 있는 가루를 잘 털어낸 후 입에 넣고 꿀꺽 삼켰다.

그러고 나서야 궁금한 얼굴로 어머니에게 물었다.

"이게 무엇입니까?"

단예소는 잠시 시간을 두었다가 이윽고 조용한 목소리로 대답했다.

"네 아버님의 내단(內丹)이다."

"내단?"

아직 세상에 대해서 잘 모르는 무가내지만 내단이 무엇인지는 알고 있다.

용이나 수천 년 묵은 이무기와 뱀 또는 전설의 영물들이 자신의 정기를 담아 몸속에 품고 있는 것이 바로 내단인데 그것을 복용하게 되면 여러 신묘한 효과가 있다.

그런데 사람의 몸속에서도 내단이 나올 줄은 조금도 생각하지 못했었다.

단예소가 복잡한 표정을 짓고 있는 무가내를 보며 차분하게 말문을 열었다.

"그 내단에는 네 아버님께서 생전에 지니고 계셨던 내공이 고스란히 축적되어 있단다. 그분은 자신의 내공을 너에게 전하고 싶어하셨어."

"아……."

무가내의 입술 사이로 흐릿한 탄성이 새어 나왔다.

"그 내단은 곧 네 아버님이시다."

"나… 나는……."

무가내의 얼굴이 점차 일그러졌다.

그러더니 갑자기 발작적으로 악을 쓰며 눈물을 쏟아냈다.

"나는 아버지를 먹을 수 없다! 그런 짓은 짐승도 하지 않는다! 토해내겠어! 아버지를 토해내서 다시 원래의 모습으로 되돌려놓을 것이다!"

다음 순간 무가내는 입을 크게 벌렸다. 삼켰던 내단을 토하려는 것이다.

순간 단예소가 소스라치게 놀라서 두 팔을 활짝 벌리면서 날카롭게 소리쳤다.

"절대 안 된다!"

내단을 막 토해내려던 무가내는 어머니의 표정이 너무도

절박해서 행동을 뚝 멈추고는 일그러진 얼굴로 그녀를 쳐다보았다.

단예소는 팔을 벌린 채 꾸짖듯 단호하게 말했다.

"네 아버님이 어째서 내단을 네게 남기셨는지를 생각해 보고 나서 뺏으려면 뺏어라."

그녀는 말을 마치고 무가내를 똑바로 주시했다.

무가내는 무릎을 꿇고 앉아 굳은 얼굴로 어머니를 응시하며 그녀가 말한 '아버님이 어째서 네게 내단을 남겼는지'에 대해서 생각해 보았다.

두 가지 생각이 거의 동시에 떠올랐다.

첫째는, 아버지가 아들에게 무엇인가 남겨주고 싶었는데 그것이 바로 내단이라는 것이다.

둘째는, 내단을 복용하여 힘을 증강시킨 후에 아버지의 못다 이룬 꿈, 즉 천하일통을 무가내에게 대신 이루어달라는 부탁이다.

그 두 가지 생각 어느 하나도 무가내의 마음을 움직이지 않는 것이 없었다.

그때 어떤 생각이 그의 뇌리를 스쳤다.

조금 전에 어머니가 자신에게 아버지를 안으라고 해놓고서 몹시 괴로워했던 모습이 떠오른 것이다.

무가내에게는 아버지이지만 어머니에게는 남편이다.

어머니는 남편이 비록 이미 죽은 몸이지만, 모습만이라도 계속 남아 있기를 간절히 원했을 것이다.

무가내가 어머니 입장이더라도 능히 그랬을 것이다.

만약 은예상이 죽어서 아버지와 같은 상태가 된다면 그는 무슨 일이 있어도 그녀의 유체를 훼손하는 일을 하지 않을 것 같았다.

그런데도 무가내에게 어머니는 아버지를 안으라고 해서 유체를 훼손시켰다.

영원히 사라질 아버지를 마지막으로 안을 수 있는 기회도 아들에게 양보했다.

그렇게 해서라도 내단을 아들에게 복용시키려는 어머니의 갸륵한 마음인 것이다.

어머니를 주시하는 무가내의 표정이 점차 풀어졌다. 그녀의 괴로움을 십분 이해했다.

"어머니……."

단예소는 온화하게 미소 지으며 고개를 끄덕였다.

"너는 천마신위강을 어디까지 익혔느냐?"

무가내는 잠시 생각하다가 대답했다.

"팔성쯤 되는 것 같아요."

"천마신위강을 십성까지 연공하게 되면 비로소 내단을 녹여 네 본신 내공과 합칠 수 있을 것이다. 그때까지 부단히 노력하여라."

무가내는 공손히 고개를 숙였다.

"그렇게 할게요."

그의 가슴 깊은 곳에서 부모에 대한 고마움과 정이 샘물처럼 솟아나고 있었다.

第七十一章
철없는 아내

대마종
大麻人宗

화영은 어깨를 늘어뜨리고 사흘 만에 군산 정협맹 총단으로 돌아왔다.

그는 적멸가인을 찾으라는 북궁연의 명령, 아니, 개인적인 부탁을 받은 후 사흘 동안 풍정감단의 수하들 백오십 명 전원을 이끌고 악양성과 인근을 정말 이 잡듯이 뒤졌지만 어디에서도 그녀의 흐릿한 흔적조차 발견할 수가 없었다.

그래서 수하들에게는 적멸가인이 마지막으로 서찰을 보냈던 곳에서부터 거슬러 올라가며 수색을 하라고 지시하고는 자신은 중간 보고를 하기 위해 총단으로 돌아온 것이다.

그런데 그의 집무실이 있는 정협총각에서 북궁연의 모습

이 보이지 않았다.

그의 측근 호위 고수에게 물으니까 폐관에 들어갔다는 말이 돌아왔다.

화영은 북궁연이 한동안 중단했던 신공을 완성하려고 폐관한 것으로 추측했다.

원래 북궁연은 사부인 태무천으로부터 삼 년 전에 진명유림 최고의 신공인 오행회선강(五行回旋罡)을 전수받아 줄곧 연공해 왔었다.

오행회선강은 마도의 천마신위강과 더불어 무림이대신강(武林二大神罡)이라 불리고 있다.

누천년 무림의 역사 중에 수만 종류의 무공들이 나타나고 사라졌으며, 현재에도 저마다 최고의 무공이라는 자부심을 갖고 있지만, 무림이대신강에게만큼은 한 수 양보한다.

천마신위강과 오행회선강은 그야말로 무림 사상 가장 막강한 신공절학이기 때문이다.

화영이 알기로는 천하에서 오행회선강을 알고 있는 사람은 전대 정협맹주인 무적검절 태무천과 그의 두 명의 제자인 북궁연, 적멸가인 세 사람뿐이다.

태무천은 명실상부한 진명유림 제일의 고수다.

그러나 북궁연이나 적멸가인이 오행회선강을 완성한다면 얘기가 달라진다.

두 제자가 공력 면에서는 태무천에게 열세겠지만, 만약 둘이 합공을 한다면 태무천도 당해내지 못할 터이다.

문득 화영은 자신이 몹시 왜소하다는 생각이 들었다.

지금 정협맹 내에서조차 그는 실력으로 십위 안에 들지 못한다.

정협맹에는 북궁연 외에도 정협십이성이라는 걸출한 거목들이 버티고 있으며, 운정감단주와 광정감단주를 비롯하여 정영고수들의 우두머리인 젊은 대대주들도 무시할 수 없는 초일류 급 고수들인 것이다.

그러니 화영은 진명유림, 아니, 무림 전체로 치면 수백 위에 내에 겨우 자신의 이름을 올릴 수 있을 것이다.

남들은 자신의 할 일을 하면서도 피땀 흘리며 무공 연마에 전념하고 있는데, 자신은 도대체 무엇을 하느라 비육지탄(髀肉之嘆)에만 잠겨 있는 것인지 한심하기 이를 데 없다는 생각이 들었다.

사실 그는 요즘 들어 밤에 거의 잠을 이루지 못했다.

적멸가인의 죽음 때문이었다.

북궁연은 드러내 놓고 적멸가인을 걱정하고 또 찾아내라고 성화라도 부리지만, 그녀를 남몰래 짝사랑했던 화영은 그럴 입장이 아니라서 슬픔도 혼자 있을 때만 입술을 깨물어가며 짓씹어야만 했다.

그래서 이래저래 무공을 연마할 시간이나 정신적인 여유가 없었던 것이다.

그는 지그시 어금니를 악물었다. 지금부터라도 무공 연마에 전념해야겠다는 생각을 한 것이다.

화영 한 사람이 없더라도 정협맹은 잘 돌아갈 것이다.

*　　*　　*

방으로 돌아온 무가내와 단예소, 세 명의 마영은 한동안 침묵을 지키고 있었다.

세 명의 마영은 한쪽에 나란히 시립해 있고, 무가내와 단예소는 탁자에 나란히 앉아서 서로의 손을 잡은 채 각자의 생각에 골똘하게 잠겨 있었다.

두 사람은 조금 전에 지하 광장에서 있었던 일에 대해서 생각하는 중이었다.

각자 생각이 다르지만 한 가지는 같았다. 아버지와 남편을 영원히 잃은 슬픔 때문에 가슴이 저리다는 사실이었다.

먼저 생각에서 깨어난 사람은 단예소였다. 무가내보다는 지금의 상황을 더 잘 파악하고 있기 때문이다.

그녀는 팔마영을 바라보며 조용히 말문을 열었다.

"원진, 혈오(血烏)는 언제 도착하느냐?"

혈오는 서장으로 대천신등을 십칠 년 전에 떠난 이십구마영의 이름이다.

오(烏)는 까마귀를 가리킨다. 그런데 까마귀는 원래 검은색이고 드물게 흰 까마귀, 즉 백오(白烏)가 있다.

그런데 핏빛 까마귀 '혈오'는 고금을 통해 존재한다는 말 자체가 없다.

그런데 삼십육마영의 이십구마영 이름이 혈오라는 것이다.

왠지 섬뜩한 느낌을 주는 이름이었다.

"내일 아침이면 도착할 것이라는 기별이 왔습니다."

혈오가 장장 십칠 년 동안의 서장 생활을 접고 돌아온다.

단예소는 고개를 끄덕이고 나서 애정이 듬뿍 어린 눈빛으로 무가내를 바라보았다.

"풍아, 어미의 말을 잘 들어봐라."

그녀의 얼굴에 애정과 함께 진지함이 덧씌워졌다.

"어미는 네 아버님의 뜻과 다르다. 너에게 천하일통을 강요할 생각이 없다는 얘기란다."

무가내는 무슨 뜻이냐는 듯 의아한 표정으로 어머니를 쳐다보았다.

그러나 단예소는 다정한 미소만 지을 뿐 말이 없었다.

무가내가 세 명의 마영을 쳐다보자 그들은 원래의 무심한 표정만 짓고 있었다.

"어머니, 왜 그런 말을 하는 거요?"

그의 어법은 좀 이상했지만 나름대로 어머니에게 최대한의 존어를 하고 있는 것이다.

"풍아, 네 아버님은 오직 무공과 사독요마, 그리고 천하일통이라는 꿈밖에 없으셨단다. 어미는 그분이 한 사람으로서는 행복한 일생을 살았다고 결코 말할 수 없단다."

무가내는 알 듯 모를 듯한 표정을 지었다.

"만약 네가 천하일통을 하지 않는다면 달리 무엇을 할 것 같으냐?"

무가내는 잠시 생각하다가 대답했다.

"내 마누라… 아니, 아내와 함께 천하를 유람하면서 즐겁게 살겠지요."

단예소는 고개를 크게 끄덕였다.

"바로 그것이란다. 천하를 일통하는 것이 꿈이고 그걸 행복으로 여기는 사람이 있는가 하면, 방금 네가 말한 것을 행복이라고 생각하는 사람도 있단다. 아니, 천하 대부분의 사람들은 네가 말한 대로 살아가기를 원하고 있지."

무가내가 고개를 갸웃거리자 단예소는 말을 이었다.

"잘 생각해 봐라. 네가 말한 것처럼 살면 어떤 일들이 생길 것이며 또한 네 마음과 네 아내들의 마음은 어떻겠는가를."

무가내는 또다시 고개를 갸우뚱거리며 생각하던 끝에 대답했다.

"응. 나도 상아도 무척 즐거워하겠지요. 그런 게 행복인가? 그래, 행복일 것 같군요."

단예소는 '그의 아내들'이라 말했는데 그는 굳이 '상아'라고 대답했다.

"솔직하게 말하면, 어미는… 네 아버님이 무림인이 아니라 평범한 사람이었으면 좋겠다고 늘 바랐었단다."

"왜죠?"

"그렇게 되면 네 아버님이 천하일통 같은 것을 꿈꾸지 않고 나와 함께 천하를 유람하면서 살았을 테고, 그처럼 일찍 돌아가시지 않고 아직까지 살아 계셨을 테니까."

"만약 아버지가 그랬었다면 어머니는 행복… 했을까요?"

단예소는 상상하는 것만으로도 행복하다는 듯한 표정을 지으며 고개를 크게 끄덕였다.

"물론이지. 여자에겐 사랑하는 사람과 언제나 함께 있는 것보다 더 큰 행복은 없단다. 함께 자고, 함께 식사를 하고, 함께 걷고……."

"응. 그렇군요."

무가내는 고개를 끄덕이며 알 것 같다는 표정을 지었다.

"그러니까 어미는 네가 아버님의 위업을 이어받아 천하일통을 꼭 해야 할 필요는 없다고 생각한단다."

"응. 무슨 말인지 알겠어요."

세 마영의 무심한 얼굴에 한 겹의 그늘이 드리워지는 것을 무가내와 단예소는 알지 못했다.

무가내는 궁금하다는 듯 진지한 얼굴로 어머니에게 물었다.

"어머니는 나하고 상아가 행복하기를 바라는 거잖아요?"
"그렇지."
무가내는 해맑게 웃었다.
"하하! 알겠어요! 나는 어머니 말대로 나와 상아가 행복해지는 길을 가겠어요!"
단예소의 얼굴에 꽃이 만개하듯 환한 웃음이 피어났다.
"잘 생각했다, 풍아! 네 아버님께는 죄송한 일이지만, 어미는 너와 네 아내들이 일생 동안 천하를 유람하던가 경치 좋은 곳에서 행복하게 살게 되면 더 이상 소원이 없단다."
무가내는 곧 우울한 표정을 지었다.
"어머니의 소원은 나하고 상아가 행복하게 사는 것이 아니고 우리가 단지 천하를 유람하거나 경치 좋은 곳에서 사는 것이었나요?"
단예소는 잠시 동안 그의 말을 이해하지 못했다.
"그게 무슨 말이니?"
"나는 나하고 상아가 행복해지는 방법을 생각해 냈는데, 어머니가 말하는 것하고는 달라요."
"다르다? 뭐가?"
무가내는 생각을 정리하면서 말했다.
"일단 나하고 상아하고 일평생 떨어져 있지 않으면 되죠?"
"그… 렇지."
단예소는 무언가 알 수 없는 불안함이 스멀스멀 피어오르는 것을 느끼며 고개를 끄덕였다.

무가내는 다시 해맑게 웃었다.

"하하! 나는 어머니와 아버지, 두 사람의 소원을 다 이루어 주고 싶어요!"

"두 사람의 소원?"

"응. 나는 천하일통을 할 거예요. 하지만 상아하고 죽을 때까지 헤어져 있지 않고 함께 다니면서 천하를 여기저기 유람도 하고 맛있는 요리와 술도 마실 거예요."

"너……."

무가내는 손가락 하나를 세워 보였다.

"하나 더. 나는 우리가 가는 곳에 어머니도 꼭 데리고 다닐 거예요. 그래서 앞으로는 우리 세 사람이 다 함께 행복하게 되는 거예요."

놀라움 때문에 단예소의 눈이 커다랗게 떠지고 입이 반쯤 벌어졌다.

"그런 방법이 있었구나……."

무가내는 씩씩하게 고개를 끄덕였다.

"나는 요번에 아버지와 어머니를 보고 한 가지 깨달은 것이 있어요."

단예소는 궁금한 표정을 지었다.

"그게 무엇이냐?"

"가족은 절대 헤어져 있으면 안 된다는 사실이에요."

단예소의 두 눈에 눈물이 찰랑거렸다.

"그… 그렇지!"

무가내의 얼굴에 진심이 가득 떠올라 빛을 발했다.

"가족은 살아도 죽어도 늘 함께 있는 거예요."

"그… 그래. 네 말이 옳다!"

성장해서 돌아올 아들을 기다려야 하는 책임감 때문에 먼저 죽은 남편의 뒤를 따라가지 못한 단예소의 가슴이 더욱 쓰라리면서도 동시에 벅찼다.

남편이 해주지 못한 것을 아들이 해주려고 애를 쓰고 있기 때문이었다.

무가내는 두 손으로 어머니의 양어깨를 가볍게 잡으면서 천진난만한 미소를 지었다.

"그러면 됐죠?"

"오냐……."

단예소는 눈물을 후드득 떨어뜨리며 고개를 끄덕였다.

슥.

무가내는 어머니를 끌어당겨 가슴에 꼭 안았다.

"어머니, 이제부터는 내가 행복하게 해주겠어요. 아버지 몫까지 말이에요."

단예소는 그의 가슴에 얼굴을 묻고 기쁨의 오열을 터뜨리는 바람에 대답을 하지 못했다.

무가내가 천하일통을 포기할까 봐 조마조마했던 세 명의

마영은 그제야 얼굴에 환한 웃음이 떠올랐다.

지금 그들은 어쩌면 소주가 전대 주인보다 더 똑똑할지도 모른다는 생각을 똑같이 하고 있었다.

전대 주인은 천하일통을 위해서 부인인 단예소를 너무 오랫동안 홀로 내버려 두었었다.

그리고서도 끝내 천하일통을 이루지 못했다.

요마낭은 고민에 빠져 있었다.

아니, 솔직히 고민보다는 은예상을 원망하느라 벌써 반나절 내내 혼자서 쌔근거리고 있는 중이다.

원래 마음속이 어떤 강렬한 한 가지 생각으로 꽉 차면 다른 생각을 할 수 없는 법이다.

사랑에 빠지거나 복수심 같은 것에 사로잡히는 것이 그런 경우이다.

아까 그녀는 은예상에게 부끄러움을 무릅쓰고 한 가지 부탁을 했었다.

요마낭이 무가내와 정식으로 동침을 할 수 있도록 은예상과 적멸가인이 도와달라는 부탁이었다.

그런데 은예상은 일언지하에 거절했다. 이유도 말해주지 않았다.

또한 냉정한 표정을 짓지도 않고 그저 평소처럼 담담한 얼굴로 '그런 것은 둘째가 알아서 해' 라고 말했을 뿐이다.

제 힘으로 할 수 있으면 무엇 때문에 그녀들에게 부탁을 했겠는가.

 '그렇게 안 봤는데 결국 주군… 아니, 풍 랑을 뺏기지 않으려고 본심을 드러내는군. 어디 두고 봐.'

 요마낭은 아까부터 입술을 깨물다가는 다시 작은 주먹을 꼭 쥐기를 반복하면서 은예상에 대한 미움을 자꾸 키워갔다.

 그때 방문이 열리며 적멸가인이 들어섰다.

 "둘째 언니, 차를 마시러 오라고 큰언니께서 부르셨……."

 "싫어요."

 적멸가인의 말이 채 끝나기도 전에 요마낭은 자르듯이 대답했다. 아직 수양심이 부족해서 감정이 그대로 목소리에 실려 있었다.

 그러나 적멸가인은 얼굴 표정 하나 변하지 않고 몸을 돌려 방문으로 걸어갔다.

 "알았어요. 그렇게 전할게요."

 "잠깐만."

 지금은 요마낭이 화가 난 상태라서 적멸가인이 돌아가 은예상에게 그대로 전한다고 해도 두려울 게 없었다.

 하지만 아무리 생각해도 풀리지 않아 머리만 복잡한 것을 풀어야 했다.

 "큰언니가 어째서 내 부탁을 거절한 거죠? 그 사람은 원래 그런 성격이었나요?"

요마낭은 그렇게 쏘아붙이듯 말하면서 적멸가인의 얼굴을 살폈으나 그녀는 표정 하나 변하지 않았다.
 적멸가인은 요마낭을 보면서 정중하게 말했다.
 "저보다 둘째 언니께서 큰언니와 오래 생활했으니 더 잘 아시지 않나요?"
 "……."
 요마낭은 말문이 막혀 버렸다. 그러나 지고 싶지 않은 성격이 발동했다.
 "그러니까 내가 여태껏 알고 있던 성격은 큰언니의 겉모습이라는 거예요. 본심은 음흉하고요."
 "방금 음흉이라고 했나요?"
 그렇게 말하면서 적멸가인은 허리를 곧게 폈다. 그와 함께 정중하던 표정이 냉정하게 변했다.
 요마낭은 이미 적멸가인의 태도에 적잖이 위축되어 뭔가 불길함을 느꼈다.
 적멸가인은 마지막으로 정중하게 말했다.
 "제 솔직한 말을 들으시려면 잠시 동안 예의를 차리지 못할 것 같은데, 괜찮겠습니까?"
 "그… 그러도록 해요."
 요마낭은 얼떨결에 대답했다. 그러나 그녀의 얼떨떨함은 적멸가인의 다음 말로 인해서 씻은 듯이 사라져 버렸다.
 "너는 정말 철딱서니없는 열다섯 살 어린 계집아이에 지나지 않구나."

"……."

요마낭은 얼음물을 머리 꼭대기에서 발끝까지 뒤집어쓴 것 같은 느낌을 받았다.

그녀가 정신을 차리지 못하고 쳐다보자 적멸가인의 꾸짖음이 이어졌다.

"원래 너는 풍 랑께서 원하지 않는 데도 불구하고 그분과 몸을 섞으려고 했었다. 그렇지 않느냐?"

요마낭은 얼굴이 확 달아올랐다.

"네……."

"더구나 몸을 제대로 섞지도 못하고 어줍지 않은 상황으로 끝나고 말았다."

"네……."

"너는 풍 랑의 일개 수하일 뿐이었다. 수하가 주군을 범하려는 것은 무슨 죄이더냐?"

요마낭의 얼굴에서 핏기가 사라졌다. 그런 생각은 한 번도 한 적이 없었다.

하지만 그것은 분명히 주군을 능멸한 죄다. 벌로는 즉참을 면할 길이 없을 터이다.

적멸가인은 요마낭에게 현실을 일깨워 주고 있었다.

그녀의 한마디 한마디는 화살과 비수가 되어 요마낭의 온몸에 꽂히고 베면서 그녀의 어리석음을 잘라내고 꿰뚫어내고 있었다.

　유구무언(有口無言). 입이 백 개라도 할 말이 없었다.

　"그런 데도 불구하고 큰언니께서는 너의 그 알량한 증거를 받아들여서 풍 랑의 둘째 부인으로 받아들이셨다. 세상에 어느 여자치고 자신의 남자를 다른 여자와 함께 공유하고 싶겠느냐? 너는 그것에 대해서 생각해 본 적이 있느냐? 과연 너라면 그럴 수 있겠느냐?"

　요마낭은 대답하지 않아도 될 것을 적멸가인의 준열한 꾸짖음에 압도되어 자신도 모르게 고개를 가로저었다.

　"나라면… 절대 그렇게 못해요."

　"그런데 너는 그런 큰언니에게 부탁했다. 풍 랑과 잠자리를 제대로 할 수 있게 해달라고 말이다. 너는 큰언니의 마음을 조금이라도 헤아려 보고 그런 부탁을 한 것이냐?"

　요마낭은 예절에 연연하는 여자가 아니다. 배울 점이 있다면 아무리 하찮은 사람에게도 배울 준비가 되어 있다.

　하물며 적멸가인의 말은 한마디도 틀리지 않았고, 한마디 할 때마다 요마낭의 머리를 일깨워서 뉘우치게 만들었다.

　"잘못했어요. 아아… 큰언니께서 어떤 심정이리라는 것은 추호도 생각해 보지 않았어요. 어떻게 그럴 수가 있는지… 나라는 것은 정말……."

　그녀는 또한 솔직하다. 자신의 잘못은 곧바로 인정하는 올곧은 심성을 지니고 있다.

― "마지막으로 한마디만 더 하겠다."

적멸가인은 입에서 서슬이 시퍼런 칼, 언도(言刀)를 꺼내 가차없이 휘둘렀다.

"더욱 중요한 사실은, 큰언니께선 철없는 너를 위해서 풍랑과 너의 잠자리를 주선하지 않으신 것이다."

"나를 위해서……?"

요마낭은 놀라서 커다란 눈을 더욱 크게 뜨고 적멸가인을 바라보았다.

그녀는 자신의 두 눈에 눈물이 가득 고여 있다는 사실마저 깨닫지 못하고 있었다.

"그렇다. 만약 너라면 가난하여 늘 배가 고픈 사람에게 물고기 한 마리를 주겠느냐? 아니면 물고기를 잡는 법을 가르쳐 주겠느냐?"

"아……."

요마낭의 머릿속으로 실낱같은 깨우침의 샘물이 졸졸 소리를 내기 시작했다.

"큰언니께서 너와 풍 랑의 잠자리를 한 번 마련해 주는 것은 어렵지 않을 터이나, 그렇게 되면 이후에도 언제나 큰언니께서 너와 풍 랑의 잠자리를 주선해 줘야 한다. 너는 그것을 원하느냐?"

"아아……."

요마낭의 가녀리고 아담한 몸이 휘청거렸다.

"아니에요… 그렇지 않아요… 그런 것을 바라지는 않아요……."

그녀는 눈물을 뿌리면서 세차게 고개를 저었다.

"너 스스로 풍 랑과 잠자리를 정식으로 하는 일은 어렵겠지만, 그 이후부터 너는 많은 것을 깨닫게 될 것이다. 비단 풍 랑과 잠자리를 하는 것 말고도 많은 것을 말이다."

요마낭은 정신이 나간 듯 멍하니 서 있었다. 머릿속에서 백 개의 범종이 요란하게 울리는 것 같았다.

적멸가인이 여태까지보다 더욱 냉정한 목소리로 마지막 쐐기를 박았다.

"나는 풍 랑보다 큰언니를 만난 것을 일생의 가장 큰 행운이라고 생각한다. 큰언니는 풍 랑을 완성시키는 훌륭한 조력자다. 요즘 들어서 나는 큰언니를 마음으로부터 스승으로 생각하고 있다."

요마낭은 짧은 시간에 너무 많은 사실들을 깨닫게 되어 머리가 터질 지경이었다.

그때 적멸가인이 자세를 바로 하고 요마낭을 향해 깊숙이 허리를 굽혔다.

"둘째 언니, 무례를 용서하십시오."

이어서 그녀는 몸을 돌려 방문을 열었다.

순간 뒤에서 요마낭의 울음 섞인 외침이 터져 나왔다.

"큰 깨우침! 감사합니다, 아우님!"

적멸가인이 돌아보니 요마낭이 바닥에 무릎을 꿇고 적멸가인 자신을 향해 큰절을 올리고 있었다.

적멸가인의 입가에 보일 듯 말 듯한 미소가 떠올랐다.

그녀는 방을 나가며 입속으로만 중얼거렸다.

'둘째 언니를 만난 것은 제 일생의 세 번째 행운이지요.'

물론 그녀의 두 번째 행운은 풍 랑을 만난 것이다.

은예상은 적멸가인더러 차를 마시자고 요마낭을 불러오라 했는데, 적멸가인은 은예상에게 돌아가지 않았다.

그녀의 짐작대로라면 요마낭이 은예상에게 달려갈 것이 분명하기 때문이다.

요마낭이 은예상에게 달려간 후에 무슨 일이 벌어지리라는 것을 알 수 있기에 적멸가인은 정원에서 밤 산책이나 하면서 잠시 시간을 보내다가 갈 생각이었다.

적멸가인은 무가내와 은예상, 요마낭 등과 함께 지낸 시간이 며칠 되지 않는데도 마치 그들과 오래전부터 살을 부대끼면서 생활해 온 듯한 착각이 들었다.

다섯 살 이후부터 줄곧 살아왔던 정협맹은 전각들이나 환경이나 사람들 모두가 낯설기 짝이 없었다.

그런데 이곳 사람들은 가슴을 열고 마음을 주고받자마자 가족이 되어버렸다.

더구나 적멸가인이 스스로의 변화에 놀라고 있는 가장 큰 이유가 있었다.

  예전의 그녀는 자신의 성격이 냉정하고 잔인하며, 침착하고, 또 과묵하다고 믿고 있었다.

  그런데 아니었다. 그녀의 그런 성격은 정협맹의 환경이 인위적으로 만들어준 것이라는 사실을 무가내 등과 어울리고 난 다음에야 깨달았다.

  그녀의 가슴속에는 누구보다도 뜨거운 피와 다정다감함과 온유함이 잠재되어 있었다.

  그것을 이곳의 사람들이 차례차례 돌아가면서 연달아 일깨워 준 것이었다.

  지금 적멸가인은 예전의 자신보다 지금의 자신을 훨씬 더 좋아한다.

  누군가 그녀더러 예전으로 돌아가라고 하면 때려죽인다고 해도 발버둥을 치면서 저항할 것이다.

  '후후, 너무 행복해.'

  그녀는 속으로 중얼거리며 뒷짐을 지고 흐트러진 걸음걸이로 이리저리 걸었다.

  예전의 그녀는 걸음걸이 하나에서부터 반듯하고 흐트러짐이 없었다.

  그렇지만 지금은 흐트러짐의 미덕을, 늦음의 여유를, 어우러짐의 기쁨을 알고 있기에 될 수 있는 대로 예전의 틀에 박힌 듯한 딱딱함을 버리고 흐트러지고, 늦고, 어우러지려고 나름대로 애를 쓰고 있는 중이었다.
 '이것은?'
 그러다가 그녀는 뭔가를 깨닫고 뚝 걸음을 멈추었다.
 흐트러짐, 늦음, 어우러짐, 틀에 박히지 않음.
 그런 것들을 한군데 똘똘 뭉쳐 놓은 듯한 한 사람이 방금 떠올랐다.
 '풍 랑!'
 그렇다. 천방지축이고 어디로 튈지 모르는 그 사람은 바로 무가내였다.
 '말도 안 돼. 설마 내가……'
 그녀는 자신이 은예상 쪽에 가깝다고 생각했었는데, 지금 생각하니 무가내 쪽에 더 가까운 것 같았다.
 정갈함과 단단함이 무너지기 시작했다고는 하지만, 설마 자신이 무가내를 지향한다는 것은 말이 되지 않았다.
 그러나 그녀는 곧 환하게 웃었다.
 '내가 풍 랑을 닮아간다는 것인가?'
 이제 막 사랑하기 시작한 사내를 닮아간다는 것보다 더 기분 좋은 일이 어디에 있겠는가?
 정원은 한겨울의 살풍경이었지만 그녀의 눈에는 봄날에 수만 가지 꽃잎들이 난분분 날리고 꽃향기 물씬 풍기는 그윽한 풍경이었다.
 그녀는 뒷짐을 척 지고 갈지자로 어기적어기적 걸으면서

한껏 흥취가 도도했다.
 '자! 이제 큰언니께 가볼까?'
그녀는 콧노래라도 부르고 싶은 기분으로 은예상이 있는 전각 쪽으로 방향을 잡았다.
 "······!"
순간 그녀는 뚝 동작을 멈추었다. 동작뿐만 아니라 호흡마저 멈춘 채 재빨리 한쪽 방향을 쏘아보았다.
 슈우—
아니, 쏘아보는 순간 그녀는 이미 그 방향을 향해 쏘아가고 있었다.
정원에 있던 그녀의 모습이 흐릿해지는가 싶더니 어느새 광장을 가로지르고 있었다.
두 발로 정원 바닥을 가볍게 박찼을 뿐인데 한 번도 땅을 딛지 않고 십오륙 장을 쏘아갔다.
그녀가 쏘아가고 있는 방향은 전문 쪽이었다. 그녀는 단 네 번의 도약으로 칠십여 장 거리인 전문에 도착했다.
 휘익!
이어서 일말의 기척도 없이 그림자, 아니, 유령처럼 담을 넘어 밖으로 쏘아갔다.
 '이것은 정말······.'
쏘아가면서 그녀는 대경실색하고 있었다. 무가내가 임독양맥을 소통시켜 준 후 운공조식을 여러 차례 해봤지만 무공을 실제로 사용하는 것은 지금이 처음이다.

그녀는 자신의 내공이 무려 삼 갑자 반, 즉 이백삼십 년에 육박한다는 사실을 새삼 실감했다.

원래 그녀의 내공은 정협맹 내에서 이십오맹숙까지 포함하여 아홉 번째로 고강한 백오십 년 수준이었다.

그런데 백오십 년 내공이 임독양맥의 소통으로 이백삼십 년까지 증진된 것이다.

육십 년 내공이었던 냉운월이나 구십 년 내공이었던 자미룡, 백 년 내공인 요마낭이 임독양맥의 소통으로 갑자기 두 배 가까이 급증했는데, 백오십 년 내공인 적멸가인의 경우에는 팔십 년밖에 증진되지 않았다.

그러나 거기에는 그럴 만한 이유가 있다.

임독양맥이 소통되면 내공이 약한 사람은 두 배 이상 혹은 그 근사치 가까이 증진한다.

그러나 원래 내공이 순후하고 높은 사람은 임독양맥이 소통되어도 두 배로 증진되지 않는다.

적멸가인 같은 경우에는 원래 내공이 높기 때문에 오십 년 정도 증진되면 잘됐다고 봐야 한다.

그런데도 팔십 년이 증진되었으니 임독양맥을 소통시킬 당시에 무가내가 완벽하게 솜씨를 발휘한 것이 분명했다.

하긴 그가 적멸가인의 임독양맥을 소통시켜 줄 때까지 많은 사람들을 소통시켜 주었기 때문에 솜씨가 많이 좋아진 덕분일 것이다.

　원래 작은 그릇에 물이 절반쯤 담겨 있는데 거기에 물을 부으면 넘치게 된다.

　그러나 큰 항아리에는 그보다 많은 양의 물을 부어도 별로 티가 나지 않는다.

　사람 각각이 지니고 있는 내공은 그릇이나 항아리와 같다.

　임독양맥의 소통으로 내공이 증진되는 것은 그릇이나 항아리에 물을 붓는 것과 같은 이치인 것이다.

第七十二章
대동협맹의 기습

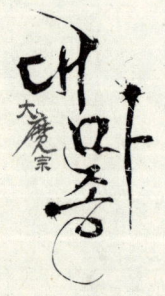

대마종
大麻宗

쉬이이—

적멸가인은 쏘아낸 화살보다 더 빠른 속도로 강을 향해 쏘아갔다.

그녀의 청각이 틀리지 않는다면 지금 가고 있는 곳에서 오리쯤 떨어진 강 하류 쪽에서 싸움이 벌어지고 있을 것이다.

조금 전에 그녀는 누군가 죽어가면서 내지르는 비명 소리를 감지했던 것이다.

무기끼리 부딪치는 소리는 들리지 않았다. 그것은 고수가 상대를 죽인다는 뜻이다.

또한 강의 상류인 쌍산에는 난연장밖에 없으므로 싸우고

있는 사람들은 난연장과 연관이 있을 것이라고 추측했다.
 그녀는 사분의 일 다경 만에 싸움이 벌어지고 있는 장소에 도착했다.
 그녀는 그곳에 벌어져 있는 광경을 보고 적잖이 놀랐다.
 강의 한복판에는 삼십여 척에 가까운 크고 작은 배들이 운집해서 떠 있었다.
 그리고 싸움은 그 배들 중 복판의 한 척에서 벌어지고 있었다.
 일견하기에도 누군가 배를 공격하고 있는 것이 분명했다.
 적멸가인은 배들이 정박해 있는 강상에서 가장 거리가 가까운 강변에 이르러 재빨리 상황을 살펴보았다.
 다음 순간 눈에 익은 복장을 하고 있는 한 사람을 발견하고 그녀는 가볍게 표정이 변했다.
 난연장에서 봤던 세 명의 흑삼인과 같은 복장, 즉 흑삼을 입은 사람이다.
 더구나 적멸가인이 보고 있는 사람은 여자다.
 허리까지 이르는 긴 머리카락을 흩날리면서 양손에 움켜쥔 두 자루의 무기로 펄펄 날면서 상대를 주살하고 있었다.
 그런데 기이하게도 머리카락이 핏빛, 즉 혈발(血髮)이었다.
 백여 명의 고수가 혈발녀(血髮女)를 겹겹이 포위한 상태에서 숨 쉴 틈을 주지 않고 공격을 퍼부었다.
 삼십여 척의 배가 혈발녀가 있는 배 주위로 몰려들었으며,

고수들도 계속해서 모여들었다.

고수들의 수는 대충 헤아려도 족히 천여 명은 넘을 듯했다.

적멸가인이 최초에 비명 소리를 들은 지 기껏해야 반 각 남짓 흘렀을 뿐인데, 강에는 수십 구의 시체가 떠내려갔으며 강물은 시뻘겋게 핏빛이었다.

혈발녀가 상대하고 있는 고수들은 언뜻 보기에도 모두 일류고수들이었다.

일류고수라는 것은 강호의 기준으로 일 갑자 정도의 내공을 지닌 상태에서 어디 내놓아도 손색이 없을 만한 성명무공 한두 가지쯤 능숙하게 발휘하며, 웬만한 중소 방, 문파의 당주 급 정도의 수준을 말한다.

그 정도면 강호의 어디를 가도 여봐란 듯이 기죽지 않고 활보할 수 있으며, 한 지역에서 작은 이름이라도 드날릴 수가 있다.

그런데 그런 일류고수 천여 명이 혈발녀 한 사람을 어쩌지 못하고 있는 믿기 어려운 상황이 벌어지고 있었다.

그 이유는 간단하다.

첫째는, 혈발녀의 실력이 상대하고 있는 고수들보다 월등하게 뛰어나기 때문이다.

그리고 둘째는, 한 사람을 공격하는 데에는 장소의 협소함으로 인한 한계가 있어서 최대한 한 번에 다섯 명 이상 공격하기가 어렵기 때문이었다.

그러므로 고수들은 혈발녀를 공격하는 최대 다섯 명 중에서 죽는 사람의 자리를 계속 메워 나가고, 혈발녀는 가장 가까이에 있는 고수들을 한 명씩 차례대로 죽이고 있는 것이다.

이런 종류의 싸움에서 고수들이 혈발녀를 제압하거나 죽일 수 있는 방법은 두 가지뿐이다.

그녀가 작은 실수라도 하기를 기다리거나 지치기를 기다리는 것이다.

그리고 두 가지 다 충분한 가능성이 있었다. 실수를 하지 않는 사람이란 흔하지 않다. 또한 지치지 않는 사람이란 아무도 없다.

적멸가인은 일단 잠시 지켜보기로 했다.

혈발녀가 난연장의 흑삼인들과 같은 흑삼을 입고 있다고 해서 그들의 동료일 것이라고 섣부른 판단을 내려 도우려고 하지 않았다. 지금의 그녀는 예전의 냉철한 적멸가인으로 돌아와 있었다.

그녀는 강가의 높은 나무 위로 훌쩍 뛰어올라 나뭇가지에 올라서서 격전장을 지켜보았다.

혈발녀를 포위한 상태에서 공격하고 있는 자들은 훈련이 잘된 고수들이 분명했다.

그들은 마구잡이로 공격하지 않고 주위의 동료들과 합심하여 전력을 다해서 초식을 펼쳤다.

그럼으로써 일단 혈발녀를 포위망 안에 붙잡아두는 데에는 성공했다.

 하지만 적멸가인이 보기에 혈발녀는 마음만 먹으면 언제라도 포위망을 빠져나갈 수 있을 듯했다.

 적멸가인은 혈발녀가 고수들을 모두 죽이려 한다는 사실을 간파했다.

 그렇다면 처음에 싸움을 건 것은 혈발녀였을 것이다.

 혈발녀는 양손에 쥔 쌍도(雙刀)를 사용하고 있었다.

 하지만 일반적인 도와는 판이하게 다른 모양이었다.

 우선 길이가 두 자 정도로 매우 짧았다.

 그리고 반월 모양으로 많이 휘었으며, 원래 도는 바깥쪽에만 칼날이 있는데 혈발녀의 쌍도는 굽어진 안쪽도 예리한 칼날로 이루어져 있었다.

 또한 쌍도는 금방이라도 피가 뚝뚝 떨어질 것 같은 핏빛 혈도였다. 즉, 혈쌍도(血雙刀)인 것이다.

 핏빛 도에 의해서 목이 잘리고 심장이 꿰뚫린 고수들의 피가 묻어 더욱 섬뜩한 귀기를 흩뿌리고 있었다.

 거의 빛의 속도로 허공을 가르고 있는 혈쌍도지만 적멸가인은 칼날에 새겨져 있는 그림을 똑똑히 보았다.

 그것은 한 마리 까마귀가 날개를 활짝 펼쳐 날고 있는 모습이었다.

 그러므로 혈쌍도에 굳이 이름을 붙이자면 혈오쌍도(血烏雙

刀)쯤 될 듯했다.

혈발녀의 솜씨는 무공이나 싸움이라면 누구에게도 지지 않는 적멸가인이 보기에도 절로 감탄할 만큼 절묘했다.

혈발녀의 쌍도술은 터럭만 한 군더더기조차 없이 깔끔했다.

단 한차례도 헛손질이 없었다. 혈오쌍도가 뻗어나가면 반드시 적 한 명의 목이 잘리거나 심장이 꿰뚫리거나 혹은 몸통이 통째로 잘라졌다.

그녀는 조금도 힘을 들이지 않고 수중의 혈오쌍도를 자유자재로 휘둘렀다.

또한 그녀의 혈오쌍도는 단 한차례도 적의 무기와 맞부딪치지 않았다.

그 이유는 그녀가 단 한 번도 방어를 하지 않고 공격일변도로만 전개하고 있기 때문이었다.

더구나 그녀는 적의 공격을 피하지도 않았다. 적이 공격해오기 전에 먼저 적을 죽이는 것이다.

적멸가인은 비록 잠시 동안 지켜봤지만 혈발녀의 살인 솜씨에 매료되어 자신이 왜 거기에 있는지조차 잠시 잊고 있을 정도였다.

적멸가인이 이곳에 도착하고 열 호흡 정도의 시간이 흘렀으나 상황은 그다지 변화가 없었다.

그사이에 혈발녀는 열다섯 명 정도의 고수를 더 죽였으나 포위망은 여전히 견고했다.

한 가지 변화가 생겼다면, 강 하류 쪽에서 새로운 배 삼십여 척이 빠른 속도로 달려오고 있다는 사실이었다.

그러나 혈발녀는 겹겹이 포위된 상태라서 응원군이 오고 있다는 사실을 알지 못하는 것 같았다.

적멸가인은 빠르게 다가오고 있는 삼십여 척의 배를 보면서 퍼뜩 정신을 차렸다.

이제 그녀가 어떻게 해야 할지를 결정해야 하는 순간이다.

그런데 혈발녀나 배를 타고 온 고수들의 정체가 무엇인지 알 수가 없었다.

하지만 그들이 난연장에서 멀지 않은 곳에서 싸우고 있는 것과 혈발녀가 고수들을 죽이고 있는 것으로 미루어 한 가지 사실을 추론할 수 있었다.

즉, 고수들이 난연장으로 가는 것을 혈발녀가 막고 있는 것이 아닌가 하는 것이었다.

그리고 적멸가인이 보고 있는 가운데 그것을 증명하는 광경이 벌어지고 있었다.

뒤늦게 당도한 삼십여 척의 배들이 혈발녀와 고수들이 싸우고 있는 곳을 그냥 지나쳐서 계속 상류로 전진하는 것이 아닌가?

그들의 목적지가 난연장이라는 사실이 확인되는 순간이다.

그리고 격전장에 있던 삼십여 척의 배 중에서 이십오륙 척이 그 뒤를 따르기 시작했다.

격전장에는 다섯 척의 배와 백오십여 명 정도의 고수를 남겨두어 혈발녀를 상대하게 하고 주력(主力)은 상류로 향하고 있는 것이었다.

그때 혈발녀가 포위망 한가운데에서 훌쩍 허공으로 솟구쳐 올라 배에서 가장 높은 누대에 가볍게 내려섰다.

그녀는 상류를 향해 나아가고 있는 오십오륙 척의 배와 주변의 배 네 척에 타고 있는 고수들을 번갈아 쳐다보았다.

적멸가인이 봤을 때 혈발녀는 어떻게 해야 할지 갈등하는 듯한 모습이었다.

팟!

순간 혈발녀는 누대 바닥을 발끝으로 박차고 곧장 상류로 향하는 배들을 향해 날아갔다.

그 배들의 맨 마지막에서 달리고 있는 배까지의 거리가 삼십여 장에 달했지만 혈발녀는 개의치 않고 곧장 쏘아갔다.

그 순간 적멸가인도 딛고 있던 나뭇가지를 박차고 혈발녀와 같은 방향을 향해 날아갔다.

혈발녀에게 누구 편인지 직접 물어보고 다음 행동을 결정하기로 마음먹은 것이다.

혈발녀가 상류로 향한 배들을 추격하자 그녀와 싸우던 고수들은 아무도 추격하지 못했다. 그들은 강 위를 쏘아갈 만한 경공을 지니고 있지 못한 것이다.

다만 배의 닻과 돛을 올리는 등 분주하게 출발 준비를 서두를 뿐이었다.

혈발녀는 배의 누대를 박차고 강 위를 오륙 장쯤 날아가다가 몸이 하강하자 몸과 무릎을 구부리는 동시에 양손의 혈오쌍도를 겹쳐서 모아 쥐어 발밑에 댔다가 그것을 힘껏 박차며 다시 쏘아갔다.

그 역시 절묘하고 깔끔한 솜씨였다. 그런 수법을 사용하면 결코 물에 빠질 일이 없을 듯했다.

적멸가인은 전력으로 경공을 펼쳐 혈발녀 뒤를 쫓았다.

적멸가인이 보기에 혈발녀의 내공은 무려 삼 갑자, 즉 백팔십 년에 가까운 수준인 듯했다.

임독양맥이 소통되지 않은 며칠 전이었으면 적멸가인은 이런 식으로 혈발녀를 뒤쫓지 못했을 것이다.

또한 발끝으로 수면을 살짝살짝 찍으면서 쏘아가는 최상승의 경공을 전개할 수도 없었을 것이다.

그리고 지금처럼 혈발녀보다 늦게 출발했으면서도 다섯 호흡 만에 그녀를 따라잡을 수도 없었을 것이다.

"나는 난연장의 주인이신 단예소 대부인의 아들 독고풍의 측근이에요."

혈발녀는 갑자기 오른쪽에서 들려오는 전음에 힐끗 그쪽을 쳐다보았다.

그리고는 자신의 오른쪽 일 장 거리에 적멸가인이 나란히 달리고 있는 것을 발견했다.

누구라도 달리던 중에 난데없이 전음이 들려오고 또 바로 옆에서 낯선 사람을 발견하면 당연히 놀랄 것이다.

그런데도 혈발녀는 얼음보다 더 차가운, 마치 깊은 바닷속 심연 같은 표정으로 적멸가인을 슬쩍 쳐다볼 뿐 표정의 변화가 없었다.

그러나 그녀가 적멸가인을 공격하지 않는 것으로 미루어 두 가지 사실이 확인됐다.

그녀가 난연장에 있는 세 흑삼인의 동료라는 것과 배에 탄 고수들이 난연장으로 가는 것을 막고 있는 것이 분명하다는 사실이다.

적멸가인은 자신을 힐끗 한차례 보고 나서 다시 전면으로 시선을 주고 묵묵히 쏘아가고 있는 혈발녀의 옆얼굴을 보며 전음으로 물었다.

"어떻게 할 생각인가요?"

가까이에서 본 혈발녀의 얼굴은 마치 방금 관 속에서 나온 것처럼 창백했다.

대략 삼십대 초반의 나이로 보였으며, 창백한 얼굴에 짙고 까만 눈썹과 그보다 더 까만 눈, 그리고 칼날처럼 오뚝한 콧날과 핏기없는 푸르스름한 입술을 지녔다.

전체적으로 보면 더할 수 없이 아름다운 용모지만, 전혀 아름다움이 느껴지지 않았다.

 그녀에게서 느껴지는 것은 단 한 가지, 소름 끼치는 한기뿐이었다.

 "대부인을 보호하려면 모조리 이곳에 수장시켜야 한다."

 적멸가인이 묻고 나서 두 호흡쯤 지났을 때 혈발녀는 전음이 아닌 육성으로 중얼거렸다.

 "네가 소주의 측근이라고 했느냐?"

 "네."

 그녀는 생각난 듯 물었다. 적멸가인은 '소주'가 무가내를 가리키는 것이라고 생각했다.

 그렇다면 혈발녀는 대부인의 수하이고 또 무가내의 수하가 분명했다.

 쇠와 쇠를 서로 천천히 문지를 때 나는 소리 같은 이상한 목소리이며 높낮이가 없었다. 그래서 듣는 사람의 등골이 저절로 저며지게 만들었다.

 그녀는 적멸가인에게 거침없이 하대를 했다.

 "현재 난연장에는 누가 있느냐?"

 적멸가인은 그녀의 하대를 조금도 개의치 않았다.

 초록동색(草綠同色). 풀빛과 초록은 같은 색이니 서로 이해하고 나무랄 것이 없다.

 며칠 전까지의 적멸가인은 혈발녀보다 더하면 더했지 못하지 않은 성격이었다.

"대부인과 당신의 동료 세 명, 그리고 대부인의 아들과 그의 두 명의 부인이 있어요."

그렇게 말하면서 적멸가인은 혈발녀의 얼굴을 살폈으나 여전히 표정은 변하지 않았다.

난연장에 대부인의 아들이 있다는 것과 그의 두 부인이 있다는 사실은 놀랄 만한 일이 분명할 텐데도 마치 알고 있었다는 듯 무덤덤했다.

혈발녀는 적멸가인을 대부인의 아들이 데리고 온 수하 정도로 여기는 것 같았다.

적멸가인은 자신의 입으로 무가내의 부인이라고 말하는 것이 어색해서 그렇게 말했을 뿐이다.

"선두를 치면 되나요?"

적멸가인이 앞쪽의 배들을 가리키며 묻자 혈발녀는 가볍게 고개를 끄덕였다.

슈우우—

순간 혈발녀와 나란히 달리고 있던 적멸가인이 갑자기 앞으로 쑥 치고 나갔다.

그러는가 싶더니 발끝으로 수면을 가볍게 찍고는 비스듬히 허공으로 솟구치면서 잠깐 사이에 맨 마지막의 배 뒤쪽 고물에 가볍게 올라섰다.

혈발녀는 적멸가인이 불과 두 호흡 사이에 십여 장을 앞질러 나가는 것을 보고서도 여전히 표정이 변하지 않았다.

얼굴만으로는 그녀가 놀랐는지 어땠는지 알 수가 없었다. 아니, 도대체 무슨 생각을 하는지조차 알 길이 없었다.

적멸가인이 마지막 배에 올라서는 것을 그 배의 고수들이 발견했다.

그러나 그들이 어떤 반응을 보이기도 전에 그녀는 배의 난간을 박차고 거의 수직으로 솟구쳐 오르더니 눈 깜빡할 사이에 앞쪽으로 쏘아갔다.

마침 그때 혈발녀가 마지막 배의 뒤쪽 고물에 소리없이 올라서고 있었다.

아니, 그녀는 고물을 슬쩍 딛고는 방금 전에 적멸가인이 한 것처럼 수직으로 솟구쳤다가 앞쪽 배를 향해 쏘아갔다.

퍼펑!

혈발녀, 아니, 이십구마영 혈오가 오십오륙 척의 배 중간쯤 허공을 수평으로 날고 있을 때 갑자기 선두 쪽에서 묵직한 폭음이 터졌다.

적멸가인이 허공에 뜬 상태에서 선두의 배를 향해 쌍장을 발출하여 적중시킨 것이었다.

이백삼십 년 공력의 팔성으로 발출한 쌍장은 수직으로 내리꽂혀 앞 갑판을 뚫고 배의 바닥까지 그대로 관통해 버렸다.

적멸가인은 선두 배의 가장 높은 돛 꼭대기에 사뿐히 올라선 후 뒤쪽 갑판을 향해서도 쌍장을 내리꽂았다.

슈웅!

그녀의 장심에서 번쩍! 하고 눈부신 금광이 번뜩이더니, 텅 빈 계곡으로 한겨울 삭풍이 스쳐 지나는 듯한 음향에 이어 뒤 갑판 한복판이 뻥 뚫렸다.

꽝!

그 역시 배 밑창까지 관통되었다.

선두의 배는 그 자리에서 정지했고, 앞과 뒤의 뚫린 구멍으로 물이 콸콸 쏟아져 들어왔다.

배에 타고 있던 고수들은 갑자기 당한 일에 우왕좌왕하면서 당황했다.

쿠쿵! 우지직!

그리고 뒤따르던 배들이 멈춰 선 선두의 배와 충돌하고, 그 다음 배들이 또 앞의 배와 충돌하면서 선단(船團)이 서서히 정지했다.

적멸가인은 그것으로 그치지 않고 주위에 있는 배들로 이리저리 날아다니면서 차례대로 앞 갑판과 뒤 갑판에 두 개의 구멍씩을 뚫기 시작했다.

그것을 본 혈오도 즉시 배에 쌍장을 발출하여 구멍을 뚫기 시작했다.

배를 가라앉히면 고수들이 물로 뛰어들 테고, 그러면 더 쉽게 죽일 수 있을 것이다.

쐐애액!

혈오의 장심에서는 혈광이 번뜩였고, 귀청을 찢는 듯한 파공음에 이어 배 밑창까지 관통되었다.

두 여자가 이 배에서 저 배로 훌쩍훌쩍 날아다니면서 마구 장풍을 발출하여 배를 부수고, 멈춘 배를 뒤따르던 배들이 충돌하면서 깨지고 박살 나는 등 아비규환의 난리가 벌어졌다.

배의 고수들은 두 여자를 멈추게 하려고 뜨거운 솥단지 안에서 콩알이 튀듯이 여기저기에서 마구 솟구쳐 올랐다.

"계속 뚫어!"

혈오가 적멸가인 옆에 내려서서 몰려드는 고수들을 향해 혈오쌍도를 번개처럼 휘두르며 나직이 외쳤다.

고수들은 적멸가인과 혈오를 향해 벌 떼처럼 솟구쳐 올라와서 더러는 돛에 내려서서 공격을 퍼부었지만, 대부분은 한번 솟구쳐서 한차례 공격하는 것으로 그쳤다. 그 정도 높이에 발을 딛고 설 만한 곳이 별로 없기 때문이었다.

하지만 그들의 집중적인 공격도 적멸가인의 옷자락조차 건드리지 못했다.

혈오가 적멸가인의 주위를 돌면서 공격해 오는 고수들을 가차없이 베어버리고 있었기 때문이다.

"그대는 정협맹의 적멸가인이 아닌가?"

그때 적멸가인의 앞쪽에서 느닷없이 주위를 쩌렁쩌렁하게 울리는 웅혼한 호통성이 들려왔다.

적멸가인은 막 뒤 갑판을 향해 일장을 발출한 직후에 외침이 들려온 곳을 쳐다보았다.

앞쪽 배의 가장 높은 가운데 돛 꼭대기에 한 인물이 우뚝 서서 그녀를 주시하고 있었다.

칠십여 세의 나이에 황포를 입었으며, 상투를 튼 머리와 반백의 머리카락을 지닌 노인이었다.

적멸가인은 황포노인을 발견하고서도 전혀 놀라는 기색이 아니었다.

"그대가 어찌하여 무적방주를 돕는 이적 행위를 하고 있는 것인가?"

황포노인이 이번에는 노골적으로 불쾌하다는 표정을 지으며 꾸짖었다.

적멸가인은 그제야 비로소 난연장을 공격하려는 무리들의 정체를 알게 되었다.

황포노인은 얼마 전까지만 해도 적멸가인과 한솥밥을 먹었던 인물이다.

즉, 정협맹 이십오맹숙 중 한 명이며 중원삼십육태두 중 한 명인 중천신창(中天神槍) 백기도(白起道)였다.

그러나 그는 전대 정협맹주 태무천의 측근으로, 태무천이 축출되면서 그 역시 정협맹을 떠났었다.

이후 정협맹을 탈퇴한 세력들이 세운 대동협맹의 초대 맹주로 태무천이 추대되었고, 중천신창 백기도는 대동협맹의 장로 격인 대동십구협의 한 명이 되었다.

중천신창 백기도는 호북성의 중부 지방이며 한수의 하류

지역인 종상현(鍾祥縣)에 위치한 대방과 중천방(中天幇)의 방주라는 신분이다.

사해방이 호남성의 패자였듯이 중천방은 호북성의 패자다.

호북성 북부 지역 무당산에는 무림의 열 개 기둥 중 하나인 무당파가 있다.

하지만 무당파는 속세의 일에는 거의 관여하지 않기 때문에 중천방이 실세를 휘두르는 데 아무런 문제가 없었다.

더구나 정협맹이 둘로 쪼개지면서 소림사와 무당파를 비롯한 오대문파가 대동협맹에 가입을 한 터라 같은 대동협맹 소속인 무당파와 중천방 사이에 알력 같은 것은 여전히 존재하지 않았다.

어쨌든 적멸가인은 난연장을 공격하러 온 무리가 중천방의 고수, 즉 대동협맹이라는 사실을 알게 되었다.

또한 얼마 전에 자신들이 탄 배가 한수 상류를 거슬러 오르는 과정에서 중천방의 감시망에 걸렸다는 것. 그래서 그들에게 미행을 당하고 결국 이 상황에 이르게 되었다는 사실을 연이어 유추해 냈다.

짧은 순간 여러 생각들이 적멸가인의 뇌리를 스쳤다.

'풍랑을 공격하는 것이라면 중천신창 백기도가 자신의 방파 수하들만 이끌고 왔을 리가 없다.'

일단 그렇게 생각하자 그것은 거의 확실할 것 같았다.

원래 중천신창은 양각야호(兩脚野狐)처럼 머리가 비상하고 술수에 능한 인물이다.

며칠 전에 무가내 일행이 한수를 벗어나 당하로 접어든 지점인 번성현 백오십여 리 북쪽에는 무당파가 버티고 있다.

그렇다면 중천신창은 무당파에 알려 그들도 이 공격에 동참시켰을 것이 거의 분명하다.

무당파도 대동협맹에 가입했다. 더구나 무당파는 불도진 명계의 양대 세력이다.

그들이 무적방주의 출현을 연락받고서도 가만히 무당산을 지키고 있을 리가 없다.

거기까지 생각한 적멸가인은 마음이 조급해졌다.

중천신창이 이끌고 온 중천방 고수들의 수만 해도 이천여 명을 상회하고 있다.

거기에 무당파까지 가세했다면 이 싸움은 절대 쉽사리 끝나지 않을 것이다.

그러므로 만만하게 여겨서는 안 된다.

적멸가인은 이곳에서 벌어지고 있는 소동을 난연장에 있는 무가내가 감지했을지 아니면 아무것도 모르고 있을지 판단이 서지 않았다.

그녀는 무가내의 실력을 아직 한 번도 직접 본 적이 없다.

그러므로 그녀가 싸우는 소리를 감지했다고 해서 무가내도 똑같을 것이라고 기대할 수는 없었다.

이럴 때에는 무가내가 감지하지 못했을 것이라고 생각하는 것이 정확한 판단이다.

적멸가인은 고개를 젖히고 낭랑한 웃음을 터뜨렸다.

"아하하하! 누군가 했더니 정협맹에서 떨려난 중천신창 백기도 대협이셨군!"

그녀는 일부러 목소리에 내공을 실어 멀리까지 퍼져 나가도록 했다. 무가내가 이 소리를 듣지 못한다면 귀머거리가 분명할 것이다.

이즈음 적멸가인과 혈오를 공격하던 고수들은 동작을 멈추고 누대나 돛 위에, 혹은 갑판에서 언제라도 공격할 태세를 갖추고 있었다.

적멸가인의 '중천신창 백기도'라는 말에 혈오가 처음으로 얼굴 표정을 변화시켰다.

얼굴 근육이 팽팽해지고 두 눈이 세모꼴로 변하면서 눈에서 새파란 살광이 폭사된 것이다.

그러나 백기도는 별로 개의치 않는 표정이었다. 아니, 오히려 껄껄 웃음을 터뜨렸다.

"헛헛헛! 저 위에 있는 혈풍신옥에게 우리의 존재를 알리려는 것인가? 그렇다면 한발 늦었네!"

적멸가인은 내심 흠칫 놀랐지만 표정은 변하지 않았다. 표정이 변하지 않기는 혈오도 마찬가지였다.

백기도의 웃음이 더 커졌다.

"헛헛헛헛! 척후(斥候)의 보고에 의하면, 저 위 장원에 있는 자들은 모두 합쳐도 열 명이 되지 않는다더군! 설혹 그들 중에 혈풍신옥이 있다고 해도 노부는 과연 그들이 무당 장문인과 장로들이 이끄는 삼백 명의 무당 검수들을 어떻게 감당할는지 기대가 되는군!"

'무당파!'

적멸가인의 눈빛이 크게 흔들렸다. 과연 그녀의 짐작이 맞았다. 백기도는 이 일에 무당파를 끌어들인 것이다.

무당파는 중천방과 질적으로 다르다. 무당 검수 삼백 명이면 중천방 이천 고수보다 두 배 가까운 위력을 발휘할 것이다.

그러나 난연장에는 무가내와 요마낭, 그리고 세 명의 흑삼인, 즉 삼마영이 있는 것이 전부다.

지금으로서는 그들을 믿어야만 한다. 이들 중천방의 이천 고수까지 난연장을 공격하게 놔둘 수는 없는 것이다.

백기도가 적멸가인을 보며 눈을 가늘게 뜨고 물었다.

"그대는 새로운 정협맹주인 북궁연의 사매이자 대동협맹 맹주의 제자인데 무엇 때문에 혈풍신옥을 돕는 것인가?"

그것에 대해서는 적멸가인도 생각해 본 적이 없었다.

단지 어떤 무리가 난연장을 공격하는 것으로 판단하여 제지하려는 것뿐이었다.

그렇지만 그 무리가 대동협맹이라는 사실을 알게 된 지금이라고 해서 그녀의 생각이 바뀌지는 않았다.

원래 무림에 정의나 협의 따위는 존재하지 않았었다.

썩어빠진 무림 때문에 진저리를 쳤던 그녀였다.

그리고 그 가운데 정협맹이 웅크리고 있어서 더욱 배신감과 자책을 맛보았었다.

이제 그녀의 정의이며 협의는 단 하나.

사랑뿐이다.

먼 길을 돌아서 힘겹게 찾아낸 그 사랑을 지키기 위해서라면 어떤 대가라도 치를 각오가 그녀는 되어 있었다.

적멸가인은 백기도에게 대답하는 대신 혈오를 쳐다보았다.

때마침 혈오도 적멸가인을 뚫어지게 주시하고 있었다.

잘 벼려진 칼보다 더 날카로운 눈빛이다. 그 눈빛을 접하는 순간 적멸가인은 자신도 모르게 움찔했다.

눈빛이 칼날처럼 심장 속으로 깊이 파고드는 느낌을 받았기 때문이다.

적멸가인은 방금 백기도가 한 말 때문에 혈오가 자신을 이상하게 생각할지도 모른다고 생각했다. 아니, 필경 이상하게 생각할 것이다.

"적멸가인! 혹시 정협맹도 이곳을 공격하기로 계획한 것 아닌가? 그래서 그대가 먼저 온 것인가?"

이런 기회를 놓칠 백기도가 아니다. 그는 혈오와 적멸가인을 이간질하려고 시도했다.

순간 적멸가인의 아미가 상큼 치켜 올라갔다. 그녀는 백기도를 향해 싸늘하게 외쳤다.

"닥쳐라! 나는 썩어빠진 진명유림과 정협맹을 버렸다! 지금의 나는 무적방주인 혈풍신옥 독고풍의 셋째 부인일 뿐이다! 그분과 그분의 어머니를 지키는 일이라면 내 목숨도 아깝지 않다!"

그 말은 백기도가 아니라 혈오에게 한 것이다.

적멸가인은 그 말로써 혈오가 자신의 진심을 알아주기를 원했다.

하지만 알아주지 않는다고 해도 더 이상 그녀를 붙잡고 설득할 시간이 없다. 알아주든 오해를 하든 어쩔 수 없는 일이다.

"우린 이곳에서 이자들을 상대해야 해요."

적멸가인은 눈도 깜빡이지 않은 채 자신을 주시하고 있는 혈오에게 전음을 보냈다.

"네 생각에는 난연장에 있는 사람들이 무당파를 상대할 수 있을 것 같으냐?"

혈오가 즉시 전음으로 물었다. 그렇게 묻는다는 것은 적멸가인의 말을 믿는다는 뜻이다.

그게 아니라면 지금으로선 그녀에게 달리 선택의 여지가 없을 것이다, 라고 적멸가인은 생각했다.

그러나 그것은 적멸가인이 혈오라는 사람을 모르고 하는 생각이었다.

당장 눈앞의 상황이 불리하기 때문에 같은 편인지 적인지 모를 사람을 일단 믿어본다, 라는 것은 혈오에겐 절대 있을 수 없는 일이다.

만약 믿음이 가지 않는다면 혈오는 제일 먼저 적멸가인부터 공격했을 것이다.

적멸가인은 재빨리 염두를 굴렸다.

난연장에 있는 세 명의 흑삼인은 실력이 혈오와 비슷할 것이다. 그리고 무가내는 적멸가인 자신과 비슷하거나 한 단계 하수일 테고, 요마낭이 두어 단계 하수일 것이다.

그 정도면 적멸가인과 혈오를 합친 것보다 두 배 가까운 전력이다.

무당 장문인과 장로들이 이끄는 삼백 명의 무당 검수가 중천방 이천 고수의 두 배 가까운 전력(戰力)이라고 해도 어떻게든 견뎌낼 수 있을 것이다.

적멸가인은 보일 듯 말 듯 고개를 끄덕이며 혈오에게 전음을 보냈다.

"결말까지 가면 어떨지 모르겠지만, 당장은 별문제가 없을 것 같아요."

"좋아. 그렇다면 우리 둘이 이놈들을 상대하자."

대담하기 짝이 없는 말이었다. 단 두 명이 이천여 명의 일

대동협맹의 기습 269

류고수를 상대하자는 것이다. 미치지 않았다면 웬만한 간담으로는 할 수 없는 말이다.

적멸가인이 자신을 무적방주의 셋째 부인이라고 했는데도 혈오는 계속 하대를 했다.

확인하기 전에는 예의를 갖출 수 없다는 완고함이었다.

적멸가인은 혈오의 그런 점이 마음에 들었다. 자신과 비슷한 성격인 것이다.

"내가 저자를 상대할 테니까 그동안 당신은 배를 계속 부수도록 해요!"

적멸가인은 혈오에게 전음을 보내는 것과 동시에 발끝으로 힘껏 돛대를 박차며 백기도에게 쏘아갔다.

치잉!

쏘아가면서 어깨의 검을 뽑았다.

적멸가인이 서 있던 돛대에서 백기도까지의 거리는 칠팔장 정도였다.

그녀가 갑자기 급습을 가한다고 해도 백기도가 충분히 피하거나 반격할 수 있을 만한 거리다.

적멸가인이 자신을 향해 곧장 쏘아오자 백기도는 그럴 줄 알았다는 듯 여유있는 동작으로 양쪽 어깨에 메고 있는 한 쌍의 단창(短槍)을 손에 쥐었다.

그러나 다음 순간 그의 눈이 부릅떠졌다. 적멸가인이 이 장 전면까지 쇄도하고 있는 것을 발견했기 때문이다.

그가 알고 있는 적멸가인의 실력이라면 반 호흡 뒤에 그 정도 위치까지 도달해야 맞다.

그러나 놀라고 있을 겨를이 없다.

키이―

머리 위로 치켜든 적멸가인의 검이 이미 그의 정수리를 향해 쾌속하게 잘라오고 있었다.

크게 놀란 백기도는 어깨에서 막 뽑고 있던 두 개의 단창 중에 오른손의 단창으로 황급히 적멸가인의 검을 막았다.

쩌겅!

백기도는 정수리가 쪼개지는 것을 간신히 모면했으나 위기는 그것으로 그치지 않았다.

방금 그어 내린 적멸가인의 검에는 무시무시한 내공이 실려 있었다.

그래서 백기도는 단창을 쥔 오른팔이 산산조각 나는 듯한 극심한 통증을 느끼는 순간 자신도 모르게 쥐고 있던 단창을 놓쳐 버렸다.

더구나 엄청난 힘 때문에 두 발로 딛고 선 돛대가 박살 나면서 그의 몸이 돛대의 잔해와 함께 추락했다.

그 위에서 적멸가인이 병아리를 발견한 매처럼 눈을 빛내며 두 번째 공격을 가해오고 있었다.

第七十三章
혈오(血烏)

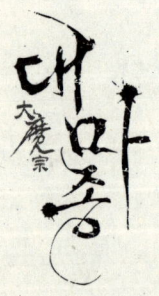

대마종
大麕宗

무당파는 배를 타고 당하 상류로 오르다가 중도에 배를 버리고 산길을 달려서 난연장에 이르렀다.

그러나 그들은 즉시 공격하지 않고 삼백 명의 무당 검수들을 수백 장 밖에 대기시켜 놓은 채 무당 장문인 광양자(光陽子)와 두 명의 장로 무량자(無量子), 창해자(蒼海子) 세 사람이 우선 난연장에 접근하여 탐색을 했다.

하지만 세 사람은 난연장에서 단 한 사람도 발견하지 못했으며 사람의 기척 자체를 감지하지 못했다.

말하자면 난연장에는 생명체라고는 존재하지 않았다.

그때 저 아래 강 쪽에서 비명 소리가 들려왔다.

강에서 혈오에게 제지를 당한 중천방 고수들이 그녀에게 죽임을 당하는 소리였다.

그즈음, 적멸가인은 난연장을 떠난 지 반 다경쯤 지났을 무렵이었다.

광양자와 두 명의 장로는 난연장 안으로 잠입을 시도했다.

그들에게 이 일은 매우 중요했다. 자신들의 사부인 무현 진인이 무적방주인 혈풍신옥에게 무참하게 죽었기 때문에 오늘 밤에 그 복수를 하려는 것이다.

무현 진인의 죽음으로 무당파의 명성과 위신은 땅에 떨어졌으며, 장문인 광양자를 비롯한 무당파 제자 구백여 명은 기필코 복수를 하겠다고 하늘을 두고 맹세했었다.

이것은 무림의 정의나 협의, 그리고 사마총혈계를 이 땅에서 없애야 한다는 등의 문제하고는 전혀 별개다.

광양자는 자신에게는 사부이고, 제자들에게는 사조(師祖)인 무현 진인의 복수를 하지 않고는 무당파는 더 이상 무림에서 활동할 수 없다고 못을 박았었다.

그러므로 혈풍신옥을 죽이느냐 못 죽이느냐는 무당파의 존폐가 걸린 일인 것이다.

사실 광양자는 중천신창 백기도에게 거짓말을 했다.

그에게는 무당 검수 삼백 명을 이끌고 올 것이라 기별했지만, 사실은 무당 제자 구백 명 전원을 이끌고 왔다.

지금 무당파에는 아무도 없다. 그만큼 광양자와 무당파 제자들은 이 일에 모든 것을 걸고 있는 것이다.

난연장 근처에 삼백 명이 있고, 나머지 육백 명은 난연장 주변을 물샐틈없이 포위하고 있다.

이른바 천라지망인 것이다. 그래서 광양자는 오늘 밤에 혈풍신옥이 절대로 쌍산을 벗어나지 못하고 죽을 것이라 확신하고 있었다.

광양자와 두 명의 장로는 산기슭을 타고 일체의 기척을 내지 않으며 난연장으로 스며들었다.

이어서 전각을 하나씩 차례대로 샅샅이 살폈지만 역시 아무도 발견하지 못했다.

흩어져서 장원 곳곳을 살피던 세 사람은 마지막 전각 하나를 남겨두고 그 앞 대전 입구에 모였다.

그때 강 쪽에서 펑! 펑! 꽝! 꽝! 하는 장풍 소리와 배가 부서지는 소리가 생생하게 들려왔다.

그러나 세 사람은 개의치 않고 미끄러지듯이 대전 안으로 들어섰다.

무당파는 중천신창 백기도가 이끄는 중천방과 합심할 의도는 처음부터 없었다.

이것은 무당파와 혈풍신옥 둘만의 싸움이다.

대전 안은 칠흑처럼 캄캄했으나 세 사람 같은 절정고수에겐 대낮이나 다름이 없었다.

고수들은 본래 눈으로 보는 것보다는 청각으로 듣는 것, 즉 감지하는 것에 더 의존한다.

앞에 장애물이 있으면 눈으로 볼 수 없지만, 귀는 장애물에 상관없이 멀리까지 들을 수 있기 때문이다.

그래서 고수들은 육안으로 보는 것보다 청력으로 감지하는 것에 더 익숙해져 있다.

세 사람은 대전 밖에서 이미 청력을 극대화하여 주변의 기척을 살폈지만, 안에 들어와서는 한층 더 청력을 돋우었다. 그러면서 눈으로는 실내를 재빨리 두리번거렸다.

바로 그 순간, 시각보다 청력이 우선한다는 법칙이 깨졌다.

세 사람은 아무도 청력으로 무엇인가를 감지하지 못했다.

그런데 그들이 대전으로 들어선 직후 세 쌍의 눈동자가 일제히 한곳을 주시했다.

대전의 한쪽 창가였다.

그곳, 작은 탁자 앞에 한 사람이 앉아서 술잔을 손에 쥔 채 묵묵히 창밖을 응시하고 있었다.

그는 바로 무가내였다. 광양자 등이 실내에 들어온 것을 아예 모르고 있는 것처럼 시선을 창밖에 고정시킨 채 꼼짝도 하지 않았다.

하지만 광양자 등은 그가 철저히 자신들을 무시하고 있다는 사실을 깨달았다.

광양자 등은 그 자리에 얼어붙었다. 몸뿐이 아니라 등골과 정신까지 찰나지간 얼어버렸다.

그들은 무가내를 발견하는 순간 머릿속에서 한꺼번에 여러 가지 사실들이 폭발하듯 깨달아졌다.

상대가 자신들보다 더 고강한 초절정고수라는 사실.

상대가 이미 기로써 자신들을 압도하고 있다는 사실.

자신들이 상대를 찾아낸 것이 아니라, 상대가 자신들을 이곳으로 불러들였다는 사실.

그리고 그 상대가 바로 자신들이 찾고 있는 혈풍신옥일 것이라는 직감 등이었다.

광양자 등이 미처 어떤 행동을 취하기도 전에 무가내가 손에 쥐고 있던 술을 단번에 입 안에 털어 넣고는 천천히 몸을 일으켰다.

조금도 서두르지 않는 느긋한 동작이었다. 또한 억지스럽지 않고 몸에 밴 자연스러운 동작이었다.

하지만 광양자 등은 그의 움직임에서 추호의 허점도 찾아낼 수가 없었다.

아니, 그들은 자신들이 혈풍신옥을 공격해야 한다는 사실조차 잠시 망각한 상태였다.

왜 그런지 이유는 알 수 없었다. 다만 압도당했을 뿐이다.

무가내는 광양자 등이 있는 쪽을 향해 천천히 돌아서서 우뚝 서며 허리와 어깨를 쭉 폈다.

지금껏 어떤 위압감에 짓눌려 있던 광양자 등은 그 순간 흑! 하고 낮은 헛바람을 들이켰다.

그들의 시선이 고정된 곳에 서 있는 무가내의 모습은 바로 척당불기(倜儻不羈)의 그것이었다.

세 사람은 자신들의 눈앞에 거대한 태산이 내려앉아 있는 광경을 보고 있었다.

무가내는 아무 말도 하지 않았고, 강압적이거나 무서운 표정도 짓지 않았다.

그저 두 팔을 늘어뜨린 채 우뚝 서 있을 뿐이었다.

그렇게 억겁 같기도 하고 일수유 같기도 한 시간이 흐르고 있었다.

그때 열어놓은 창밖이 부옇게 밝아지는 듯했다.

강 건너 산 위로 솟은 태양이 이른 아침의 따사로운 양광을 뿌리며 어둠을 걷어냈다.

밤을 몰아낸 최초의 햇빛이 무가내의 몸 오른쪽을 비추었다.

그의 모습은 매우 신비로웠다. 뭐라고 형언키 어려운 기운이 그에게서 피어나는 것 같았다.

그러나 광양자 등의 억눌림은 그리 길지 않았다.

광양자와 그의 두 명의 사제 무량자, 창해자는 정협맹에 속해 있던 시기에 이십오맹숙도, 중원삼십육태두도 아니었다.

하지만 진명유림에는 그 두 가지 지위에 들지 않고도 그보다 더 뛰어나거나 그에 비견될 만큼 실력이 출중한 인물들이 비일비재하다.

그런 인물들 중에는 혼천대전 당시에 분연히 일어나 중원 무림을 위해서 혼신의 힘을 다하고서도 이십오맹숙이나 태두라는 지위를 받지 못한 인물들도 있었고, 그런 지위를 거절하고 다시 초야에 묻힌 인물들도 있었다.
 또한 혼천대전이라는 것이 벌어졌는지 아예 모르거나 알고서도 나서지 않은 은거기인들도 많았다.
 광양자와 무량자, 창해자는 혼천대전에 참가하여 사력을 다해서 싸운 후 정협맹으로부터 '태두(泰斗)'라는 칭호를 받았지만 정중히 사양한 인물들이다.
 왜냐하면 그들의 사부인 무현 진인이 그 당시 무당파의 장교(掌僑)를 맡고 있었고, 그가 이미 '태두'라는 칭호를 받았기 때문에 제자인 광양자 등이 사부와 같은 칭호를 받는 것은 예의가 아니라고 여겼기 때문이다.
 만약 제대로 했다면 무당파에서는 무현 진인과 그의 네 명의 제자까지 합해서 모두 다섯 명의 '태두'가 배출됐을 것이다.
 쉬이익!
 창!
 한순간 광양자와 무량자, 창해자가 동시에 무가내를 향해 쇄도해 갔다.
 그러면서 검을 뽑았는데, 세 명이 발검하는 소리가 한 사람이 뽑는 것처럼 간명했다.

그들과 무가내의 거리는 육 장 남짓.

길다면 길고 짧다면 짧은 거리다. 공격하는 쪽에서 볼 때는 길고, 방어하는 쪽에서는 짧다.

또한 어떻게 활용하느냐에 따라서 사로(死路)가 될 수도, 활로(活路)가 될 수도 있다.

광양자 등 세 명은 육 장의 거리를 최대한 활용했다.

경공이 가장 빠른 광양자가 허공으로 솟구쳤고, 무량자가 일직선으로, 창해자는 반원을 그리며 무가내의 왼편으로 쏘아갔다.

쏘아갔는가 싶은 순간 어느새 그들은 무가내의 머리 위와 정면, 왼쪽 세 방향에서 일제히 전력을 다한 검초식을 전개하고 있었다.

그들은 평소에 합공을 하는 수련 같은 것을 하지 않았음에도 불구하고 마치 한 명이 세 가지 초식을 전개하는 것처럼 일사불란했다.

광양자는 머리 위에서 내리꽂히면서 무가내의 정수리를 노리고 무당파의 절기인 태극혜검법을, 무량자는 목과 가슴을 노리고 삼절황검법(三絶荒劍法)을, 창해자는 허리와 하체를 겨냥하여 구궁영검법(九宮影劍法)을 쏟아냈다.

당금 무림에서 이 정도 위력적인 합공을 견딜 만한 인물은 손가락으로 꼽을 정도일 것이다.

우르르르—!

세 종류의 검초식이 동시에 펼쳐지자 은은한 벽력음이 터지면서 실내가 격렬하게 진동했다.

그러나 무가내는 그 자리에서 한 걸음도 움직이지 않고 서 있기만 할 뿐이었다.

다만 언제 뽑았는지 모를 석검을 움켜쥔 오른손을 아래로 늘어뜨리고 있었다.

그는 광양자 등이 누군지 모른다. 그러므로 그들이 무엇 때문에 자신을 공격하는지도 알 턱이 없다.

다만 그들이 도복을 입고 있으니 도사일 것이라고 짐작하는 정도였다.

무가내 한 사람을 향해 허공에서는 백색의 굵은 빛줄기가 내리꽂히고, 정면에서는 잉어의 비늘 같은 금빛 조각들이 하나의 띠를 이루어 쏘아갔으며, 왼쪽에서는 검은 그림자 같은 흐릿한 빛살이 뿜어갔다.

세 줄기 검기는 무가내를 옴짝달싹못하게 만들어놓은 채 찰나지간에 그의 반 장 거리까지 엄습하고 있었다.

그때 내리꽂히던 광양자의 눈이 잔뜩 부릅떠졌다.

무가내가 두 발로 힘껏 바닥을 박차며 솟구쳐 오르면서 수중의 석검을 찔러오고 있었기 때문이다.

무가내는 광양자가 발출한 태극혜검법의 백색 검기가 내리꽂히고 있는데도 전혀 안중에 두지 않고 쏘아 올랐다.

그런데 더욱 경악할 일이 벌어졌다.

바위를 부수고, 반 자 두께 무쇠를 관통하는 태극혜검법의 백색 검기를 무가내가 그대로 뚫으면서 솟구치고 있는 것이었다.

백색 검기는 분명히 무가내의 정수리를 뚫고 들어가 사타구니로 빠져나왔다.

그런데도 그는 끄떡없이 솟구치며 광양자의 목을 향해 석검을 찔러대고 있었다.

아무리 수양 깊은 광양자라고 해도 이런 상황에서는 놀라지 않을 재간이 없었다.

그러나 놀라는 것보다 찔러오고 있는 무가내의 석검을 피하는 것이 우선이다.

그런데 바로 그 순간에 창해자도 똑같은 일을 당하고 있는 중이었다.

창해자가 발출한 검기를 무가내가 그대로 몸으로 관통시키면서 마주 짓쳐 오며 수중의 석검으로 목을 베어오고 있는 것이었다.

"헛!"

창해자는 너무 놀란 나머지 헛바람을 토해내며 다급히 철판교의 수법으로 상체를 뒤로 쓰러뜨리면서 발뒤꿈치를 축으로 삼아 빙그르르 몸을 회전시켰다.

그와 같은 상황은 광양자와 창해자에게만 일어난 것이 아니었다.

무가내의 정면에서 공격해 가던 무량자에게도 똑같은 일이 벌어지고 있었다.
 아니, 정확히 말하자면 똑같은 일이 아니다.
 광양자와 창해자에게 쏘아가고 있는 것은 허상(虛像)인 무가내지만, 무량자에게 짓쳐 가는 것은 진짜 무가내다.
 사실 그는 요선마후의 비법 중 하나인 환착대영술을 전개, 두 개의 가짜 무가내를 만들어서 광양자와 창해자에게 날려보내고, 그사이에 진짜 자신은 무량자를 공격하고 있는 것이었다.
 무량자가 발출한 검기는 곧장 무가내의 목을 향해 짓쳐들었다. 아니, 무가내가 검기를 향해 목을 부딪쳐 갔다.
 그러나 검기 정도로는 무가내의 금강불괴가 깨지지 않는다.
 퉁!
 수많은 금빛 비늘이 띠를 이룬 듯한 무량자의 검기는 무가내의 목에 적중되었다가 그보다 빨리 옆으로 비스듬히 튕겨져 나갔다.
 키이.
 그와 함께 무가내의 석검이 무량자를 향해 빛처럼 빠르게 뻗어갔다.
 무량자는 미처 놀라는 표정을 얼굴에 떠올릴 시간도 없었다.
 푹!

"끅!"

검측측한 석검 끝이 무량자의 목 한복판을 깊숙이 찌르자 그는 뚱뚱한 맹꽁이가 발에 밟혔을 때 같은 소리를 냈다.

"감히 요마술 따위를!"

석검이 뽑히면서 무량자의 목 앞뒤에서 푹! 하고 핏물이 뿜어질 때 무가내 머리 위에서 광양자의 노성이 터졌다.

그는 무가내의 환착대영술에 놀랐지만 즉시 상황을 꿰뚫어 보았다. 과연 그의 경륜과 수양심은 가벼운 것이 아니었다.

무가내가 무량자의 목에서 석검을 뽑고 있을 때, 광양자의 검이 그의 머리를 쪼개어왔다.

검기를 발출하는 것이 아니라 진검이었다. 방금 무량자의 검기가 무가내의 목에 적중됐다가 튕겨지는 것을 본 것이 분명했다.

고수일수록 검기나 검풍보다는 진검이 위력적인 것은 상식이다. 광양자는 진검으로 무가내의 금강불괴를 파훼할 생각인 것이다.

그는 무가내의 금강불괴지체를 금종조나 철포삼 정도로 과소평가하고 있는 것이 분명했다.

무가내는 서두르지 않았다. 광양자의 검이 그의 머리에서 튕겨 나갈 때 반격을 해도 늦지 않을 터이다.

무가내가 이들 세 명과 정식으로 대결을 한다면 약간 고전했을 것이다.

물론 결말은 무가내의 승리겠지만, 그러기까지는 최소한 삼십여 초 이상을 허비하고 또 가볍지 않은 노력을 쏟아야만 했을 터이다.
　그러나 광양자 등은 무가내가 얼마나 많은 수법과 재주를 지녔는지 전혀 모르고 있다.
　또한 그의 금강불괴를 시험하려고도 들었다. 그러한 싸움 이외의 것들 때문에 그들은 이 싸움에 전력을 기울일 수가 없는 것이다.
　쩡!
　"웃!"
　짧고 날카로운 쇳소리와 함께 광양자의 검이 무가내의 정수리 부위에 적중됐다가 튕겨졌다.
　그리고 그의 입에서 혀가 목구멍 안으로 말려 들어가는 듯한 답답한 신음이 새어 나왔다.
　무가내의 머리에 적중됐던 그의 검이 수십 조각으로 산산이 부서지고, 그 검을 쥐고 있던 손이 갈가리 찢어지면서 손가락들이 떨어져 나갔으며, 팔의 혈맥이 터져 살갗을 뚫고 피가 뿜어졌다.
　키이잉!
　무가내는 광양자를 쳐다보지도 않고 그를 향해 뿌리치듯이 석검을 그어댔다.
　그가 방금 신음 소리를 냈기 때문에 그것으로 그의 머리가 어디쯤 있을 것인지 충분히 가늠할 수 있었다.

하지만 석검은 허공을 베었다. 광양자가 피한 것이다.

무가내는 눈으로 보지 않고도 광양자가 멀어지고 있는 것과 그가 멀어지면서 일장을 발출하는 것을 감지했다.

광양자를 과소평가했다.

그것은 무가내의 분명한 실수다.

그도 인간이기 때문에 자신과 비슷하거나 강한 인물을 만나기 전에는 늘 상대를 얕보고 과소평가하는 버릇이 있다.

무림에서 정말 실력이 모자라서 죽는 사람이 절반이라면, 상대를 과소평가한 대가로 죽는 사람이 절반이라고 해도 과언이 아니다.

숨소리와 극미한 기척으로 미루어 광양자와 창해자가 각기 두 방향으로 흩어져서 도주하고 있다는 사실을 감지한 무가내는 일단 한 명만 죽이기로 했다.

쐐애액!

그가 자세를 바로잡기도 전에 한쪽 방향을 향해 팔을 뻗자 중지에서 먹물처럼 시커먼 가느다란 빛이 폭발하듯이 일직선으로 뿜어졌다.

삼절마제의 절기 중 하나인 마영신지다.

마영신지는 삼사 장 밖에서 등을 보인 채 도주하고 있는 창해자를 향해 쏘아갔다.

위로 솟구쳐 오른 광양자는 이미 천장을 부수며 그 위쪽으로 사라지고 있었다.

퍽!

"윽!"

창해자는 뒤에서 들려오는 허공을 찢어발기는 파공음으로 지풍의 방향을 가늠하여 다급히 한쪽 방향으로 신형을 날렸지만 마영신지가 그의 왼쪽 어깨를 그대로 관통해 버렸다.

우직!

그는 그대로 대전의 한쪽 벽을 뚫고 밖으로 튀어나가 곧장 산기슭을 향해 전력으로 질주했다.

그는 제대로 정신을 차릴 수가 없었다. 지풍에 관통당해 피가 쏟아지고 있는 어깨의 고통도 전혀 느끼지 못했다.

방금 무가내에게서 받은 충격 때문이었다.

무적방주 혈풍신옥이 자신의 사부인 무현 진인과 사제 청송자, 그리고 이십오맹숙과 중원삼십육태두를 여러 명 죽였다고 했을 때 광양자와 창해자 등은 그 일을 쉽사리 납득할 수가 없었다.

그래서 혈풍신옥이 무적방 고수들을 이용해서 그들을 함정에 빠뜨렸거나 아니면 또 다른 교묘한 술수를 써서 꼼짝달싹 못하게 만든 다음에 죽여놓고는 자신이 죽였다고 헛소문을 퍼뜨렸을 것이라는 결론을 내렸었다.

그런데 그게 아니었다.

방금 전에 창해자가 겪어본 혈풍신옥은 비단 함정을 파거나 교묘한 술수를 사용하지도 않았을뿐더러, 실력만으로도 능히 사부 무현 진인을 죽일 수 있는 능력의 소유자였다.

아니, 오히려 강호에 떠도는 혈풍신옥에 대한 소문이 부족하다는 생각마저 들 정도였다.

'저건 괴물이다. 사람이 아니다…….'

창해자는 산기슭에 막 들어서며 속으로 진저리를 쳤다.

후웅!

그 순간 그는 자신의 뒤통수에서 기이한 파공음을 듣고 온몸이 뻣뻣하게 굳어버렸다.

'설마…….'

퍽!

설마가 옳았다. 어느새 추격해 온 무가내가 허공에 뜬 상태에서 발끝으로 창해자의 뒤통수를 내지르고 있었다.

슷.

머리통이 산산이 박살 나서 피와 뇌수를 한꺼번에 흩뿌리며 비틀거리고 있는 창해자에게서 멀찍이 떨어진 곳에 무가내가 사뿐히 내려섰다.

쿵!

창해자가 둔탁하게 쓰러질 때, 그는 쌍산 위쪽과 강 쪽을 번갈아 쳐다보았다.

조금 전에 팔마영이 보고한 바에 의하면, 난연장 주변에 삼백여 명의 고수가 매복해 있으며, 강에서는 이천여 명이 밀려오고 있다고 했다.

일단 수적으로도 강 쪽이 훨씬 많았다. 그리고 그곳으로는 적멸가인 혼자 달려갔다.

무가내는 적멸가인이 혈오와 함께 있다는 사실을 모르고 있었다.

팔마영이 강의 무리들, 즉 중천방 고수들을 발견한 것은 혈오가 그들을 공격하기 전이었다.

무가내는 길게 생각하지 않았다. 어머니와 은예상은 안전한 장소, 즉 지하 밀실에 피신시켰고, 요마낭이 보호하고 있으므로 염려하지 않아도 될 것이다.

그리고 삼마영 정도면 이곳의 삼백 명을 상대하는 것이 어렵지 않을 것이라는 생각이 들었다.

휘익!

그는 강을 향해 한줄기 바람처럼 쏘아갔다.

어제 타고 왔던 배가 작은 포구에 정박해 있는 곳에 이르자 하류 쪽에서 어지러운 비명 소리가 더욱 생생하게 들려왔다.

그는 조금 전에 공격한 광양자 등과 난연장 근처에 매복해 있는 고수들, 그리고 배를 타고 거슬러 오르고 있는 고수들이 모두 한통속이라고 생각했다.

그러나 그들이 정협맹일지 대동협맹일지는 아직 확실히 모르고 있다.

다만 정협맹은 사마총혈계에 화친을 제의했기 때문에 무

적방을 공격하는 일은 하지 않을 것이다.

그러나 무적방이 사해방을 괴멸시키고, 군산 총단으로 돌아가는 은비전검과 오백 명의 고수를 죽인 사실을 알게 되면 화친을 깨고 공격으로 나올는지도 모르는 일이다.

아니, 정협맹이든 대동협맹이든 진명유림 놈들은 아무도 믿을 수 없다.

적멸가인 한 사람을 빼고는.

그녀는 이제 무가내의 여자니까.

중천방의 육십여 척의 배는 모두 강물 속에 가라앉았다.

그렇다고 해서 그 배에 타고 있던 이천여 명의 고수들까지 모두 가라앉은 것은 아니다.

배를 침몰시켜서 강물로 뛰어드는 고수들을 척살하자는 적멸가인과 혈오의 작전은 어느 정도 성공을 거두었다.

하지만 일류고수 정도 되는 자들이 강에 빠졌다고 해서 익사하는 것은 아니다.

또한 적멸가인과 혈오 단 두 명이 물에 빠져 허우적거리는 고수들을 죽이는 데에도 한계가 있었다.

어쨌든 두 여자는 배를 모두 침몰시킨 후에 백여 명 정도의 고수를 죽였다.

이후 격전장은 강가 백사장으로 옮겨졌고, 현재 그곳에서 치열한 싸움이 벌어지고 있는 중이었다.

처음에 적멸가인과 혈오는 여기저기 흩어져 있는 중천방 고수들 사이를 헤집고 다니면서 무차별 주살했었다.

하지만 중천방 고수들이라고 해서 그저 가만히 서 있는 허수아비가 아니다.

그들은 사방에서 두 여자에게 공격을 퍼부었고, 오래지 않아 포위망 안에 가두어 버렸다.

공격자를 자유롭게 방치하면 피해가 커질뿐더러 제압하는 데 어려움이 있다.

하지만 공격자를 가두어두면 피해가 절반 이하로 줄어들고 제압할 가능성은 배로 커지게 된다.

더구나 현재 중천방이 자랑하는 대창륜진(大槍輪陣)이 발동되어 적멸가인과 혈오를 포위망 안에 가둔 채 핍박하고 있는 중이었다.

대창륜진은 무림의 이름난 대단한 진식은 아니지만 나름대로 짜임새와 괜찮은 위력을 지니고 있었다.

대창륜진은 육십 명으로 발동한다. 세 겹으로 이루어졌으며, 안쪽의 진이 열 명, 두 번째가 이십 명, 가장 바깥쪽인 세 번째 진이 삼십 명이다.

중천방 고수들은 의무적으로 두 가지 무기를 배운다.

창술은 무조건 기본이다. 그러나 다른 하나는 검이든 도든 무엇을 사용해도 상관이 없다. 그래서 중천방 고수들은 모두 창술에 능숙하다.

그 이유는 중천방주인 중천신창 백기도가 창의 달인이기 때문이다.

대창류진을 고안한 것도 백기도다. 이 진법은 십오 년 전에 창안되어 그동안 수많은 시행착오를 거친 끝에 지금에 이르렀다.

그리고 지금의 호북무림의 패자인 중천방을 있게 한 밑바탕에는 대창류진이 큰 몫을 담당했었다.

도검의 길이는 길어봐야 다섯 자를 넘지 못하지만, 창은 보통 여덟 자 이상이다.

더구나 중천방 고수들이 사용하는 창은 장창(長槍)이다.

평소에는 분리해서 한 쌍의 단창으로 사용하지만, 유사시에는 그것을 합체해서 장창으로 사용한다.

그 경우에 길이는 무려 열 자, 즉 일 장에 이른다.

또한 지금 중천방 고수들이 펼친 대창류진은 평소 그들이 전개하던 것의 두 배 규모다.

즉, 원래의 대창류진은 육십 명이 전개하는데, 지금 것은 백이십 명이 전개를 하고 있다.

가장 안쪽 진의 이십 명이 적멸가인과 혈오의 온몸 급소를 향해 빠르고도 날카롭게 장창을 찔러댔다.

차차차창!

두 여자는 검과 쌍도를 휘둘러 찔러오는 장창을 쳐내느라 바빴다.

진정한 고수는 자신의 무기를 상대의 무기에 맞부딪치지 않는다지만 지금은 그럴 상황이 아니다.
 이십 자루의 장창은 두 여자의 급소만을 노리고 빠르고도 정확하게 찔러왔다.
 더구나 장창의 자루는 나무가 아닌 강철로 만들어졌기 때문에 자를 수도 없었다.
 또한 대창륜진은 가만히 있는 것이 아니고 회전을 한다.
 안쪽의 진은 오른쪽으로, 두 번째 진은 왼쪽으로, 바깥 진은 오른쪽으로 회전을 하고 있다.
 그뿐이 아니고 회전을 하면서 원하는 위치로 대창륜진 전체를 이동하기도 한다.
 그게 전부가 아니다. 포위망 안쪽의 표적을 향해 장창을 찌르는 것은 안쪽의 진 이십 명만이 아니고, 두 번째 진 사십 명과 바깥의 진 육십 명도 합세를 하고 있었다.
 가장 안쪽의 진 이십 명은 표적과의 거리를 반 장으로 유지한 상태에서 회전을 하며 장창을 찔러댄다.
 두 번째 진 사십 명은 안쪽 진의 이십 명과 부딪칠 듯이 아슬아슬하게 반대편으로 회전을 하면서 표적을 향해 장창을 찌른다.
 두 번째 진과 표적의 거리는 일곱 자.
 바깥의 진 육십 명도 두 번째 진과 스칠 듯이 반대 방향으로 회전하면서 표적을 향해 창을 찌르는데, 거리는 정확하게 일 장이다.

 장창의 길이가 일 장이지만, 팔을 뻗으면 충분히 표적을 찌르고도 남음이 있다.

 세 개의 진이 서로 반대 방향으로 회전을 하면서 백이십 명이 단 한 번의 부딪침이나 어긋남없이 표적을 향해 장창을 뻗는다는 것은 실로 놀라운 일이다.

 더구나 그냥 뻗기만 하는 것이 아니라 진 안쪽에서 빠르게 움직이고 있는 두 표적의 급소를 정확하게 노리고 찌르는 것이니, 이들이 평소에 얼마나 혹독한 훈련을 거듭했는지 짐작할 수 있었다.

 적멸가인의 검은 석 자 반이다. 아무리 길게 뻗어도 일곱 자 거리에 있는 가장 안쪽의 이십 명 근처에도 가지 않는 상황이었다.

 더구나 혈오의 혈오쌍도는 더 짧다. 현재 그녀의 도는 찔러오는 창을 막고 쳐내는 용도로밖에는 사용할 수가 없다.

 두 여자는 검기와 도기, 검풍과 도풍을 전개할 줄 안다.

 하지만 도합 백이십 개의 장창이 소나기처럼 찔러오는 것을 피하고 막아내기에 급급해서 검기나 도기를 전개할 틈이라곤 없었다.

 그때 혈오가 지그시 입술을 깨물었다. 이대로 있다가는 죽도 밥도 안 된다고 판단한 것이다.

 휘익!

순간 그녀는 수직으로 번개같이 솟구쳐 올랐다. 진 밖으로 탈출을 시도하려는 것이다.

슈슈슉!

그러나 그보다 더 빨리 두 번째 진 사십 개의 창이 일제히 그녀를 찔러왔다.

마치 혈오가 솟구치는 것을 미리 알고 있기라도 한 것처럼 재빠른 반응이었다.

그녀는 가일층 속도를 내서 간발의 차이로 창을 피하고 더 높이 솟아올랐다.

슈슈슈슉!

하지만 그녀보다 더 빨리 세 번째 진 육십 명 중 절반, 삼십 명이 나머지 절반의 어깨를 잡고 솟구치면서 장창을 뻗어 혈오의 머리 위를 덮어버렸다.

차차차창!

혈오는 쌍도를 휘둘러 머리 위의 육십 자루 창이 만든 지붕을 열어보려 했지만 역부족이었다.

그사이에 아래쪽에 혼자 남게 된 적멸가인은 안쪽의 진 이십 명으로부터 집중적인 공격을 받고 있었다.

솟구쳤다가 하강하는 혈오 역시 사면팔방에서 수십 자루 장창의 공격을 받아 위험한 지경에 처했다.

그녀가 휘두르는 혈오쌍도는 얼마나 빠른지 육안으로 보이지도 않았다.

떠올랐다가 하강하는 짧은 시간 동안 무려 이백 회에 달하는 장창의 공격이 가해지고 있었다.

그것을 불과 두 자루의 혈오쌍도로 막아내고 있다는 것은 신기(神技)라고밖에는 표현할 길이 없었다.

그러나 신기에도 한계가 있다. 일호(一毫)의 실수라도 치명상으로 이어질 수 있는 것이다.

팍!

순간 한 자루 장창의 창날이 혈오쌍도의 틈을 예리하게 비집고 들어와 혈오의 엉덩이 바로 아래쪽을 깊이 찔렀다.

길이 여덟 치의 창날이 절반이나 살 속에 박혔다.

하강하던 그녀의 몸이 멈칫했다.

그러나 고통 따위를 느끼는 표정이 아니다. 오히려 두 눈에서 번쩍 기광이 뿜어졌다.

위기는 곧 기회다. 그녀는 수많은 싸움에서 위기를 기회로 반전시켰었다.

이대로 있다가는 이들을 모두 죽이기는커녕 진에서 벗어나지도 못하고 개죽음을 당할지도 모른다.

다음 순간 그녀는 손을 뻗어 자신의 엉덩이 아래 부위를 찌른 창을 재빨리 뽑아내고는 거칠게 확 끌어당겼다.

창자루를 잡고 있던 고수 하나가 허공으로 붕 떠오르며 그녀에게 쏜살같이 끌려왔다.

칵!

"끅!"

그녀의 도가 가차없이 그자의 목을 잘랐다.

슈슈슈!

그 순간 그녀를 향해 셀 수도 없이 많은 장창이 찔러왔다.

하지만 그녀는 몸을 기기묘묘하게 비틀어 피하고 창을 걷어차며 쌍도로 튕겨내면서 안쪽의 진을 형성한 자들의 머리 위까지 이르는 데 성공했다.

팍!

이어서 발끝으로 아래쪽에 있는 두 명의 머리를 가볍게 걷어차는 즉시 허공에서 빙글 한 바퀴 공중제비를 돌며 어지럽게 혈오쌍도를 휘둘러 자신에게 찔러오는 수십 개의 장창을 쳐내며 두 번째 진을 향해 비스듬히 하강했다.

그때 머리가 박살 나서 쓰러지는 안쪽 진 두 명을 제외한 십팔 명이 일제히 빠르게 뒤로 물러나기 시작했다.

사사사사.

아니, 그들만 물러나는 것이 아니라 두 번째와 세 번째 진도 동시에 물러나고 있었다.

그들이 물러나는 속도는 혈오가 공중제비를 돌며 두 번째 진으로 하강하는 속도보다 조금 더 빨랐다.

혈오는 두 번째 진을 형성한 고수들 몇을 발로 차서 거꾸러뜨리며 다시 재도약을 해서 세 번째 진 밖으로 벗어나려고 했었다.

그러나 그녀의 발아래에는 아무도 없었다. 중천방 고수들의 진술(陳述)은 예상보다 탁월했다.

척!

결국 그녀는 땅에 내려설 수밖에 없었다.

그녀에게서 약간 떨어진 곳에서는 적멸가인이 얼굴이 빨갛게 상기되어 가쁜 숨을 헐떡이고 있었다.

혈오는 오른쪽 엉덩이 아래 창에 찔린 부위에서 콸콸 피를 쏟으며 재빨리 주위를 둘러보았다.

아주 잠깐 동안 넓어졌던 진이 다시 빠르게 좁혀지고 있는 광경이 보였다.

진이 원래대로 좁혀지기 전에 탈출을 시도해야만 한다.

그러나 적멸가인과 혈오는 너무 지쳤고, 더구나 혈오는 상처까지 입은 상태라서 일순간 엉거주춤하다가 그 기회를 놓치고 말았다.

진이 다시 빠른 속도로 좁혀지는 것을 뻔히 쳐다보고 있을 수밖에 없는 혈오의 두 눈에 설핏 못마땅한 기색이 떠올랐다가 사라졌다.

대창륜진에서 멀지 않은 커다란 바위 위에는 중천신창 백기도가 우뚝 서 있었다.

그는 처음에 적멸가인의 공격으로 오른손이 손목까지 완전히 으깨어졌으며, 팔은 어깨까지 혈맥이 터져 피투성이가 되어 겨우 어깨에 붙어 있기만 한 상태였다.

그때 죽을힘을 다해서 도망치고 또 중천방 고수들이 때맞춰서 적멸가인을 집중 공격하지 않았으면 그는 적멸가인에게 죽고 말았을 것이다.

적멸가인과 혈오는 지금까지 이백 명 정도의 중천방 고수들을 죽였다.

많이 죽였지만 이곳에 있는 중천방 고수 전체로 봤을 땐 십분의 일에 불과했다.

그런데 대창류진을 전개하고 있는 백이십 명과 그 주변을 넓게 포위하고 있는 삼백여 명 외의 고수들은 백사장 끝 야트막한 언덕 아래쪽에 모여 있었다.

그들은 편안한 자세로 잡담을 하거나 졸기도 하고 더러는 대창류진을 구경하기도 했다.

한시바삐 난연장으로 가려고 하던 아까하고는 전혀 다른 광경이었다.

사실 백기도는 적멸가인과 혈오의 습격을 받은 직후에 생각을 바꾸었다.

난연장에 혈풍신옥이 있다면 필경 그의 측근들이나 호위 고수들도 있을 것이다.

그렇다면 그들과 싸움을 벌이면 어느 정도의 피해를 감수해야만 한다.

그래서 백기도는 잔머리를 썼다. 무당파가 난연장을 먼저 공격하여 예봉(銳鋒)을 꺾어놓은 후에 자신들이 공격을 하기로 말이다.

그러면 중천방의 피해는 최소화되고 혈풍신옥을 죽인 공은 무당파와 동등하게 나누어 가질 수 있는 것이다.

청력을 돋우어도 난연장 쪽에서는 싸우는 소리가 아직 들려오지 않고 있다.

싸움이 시작되고 나서 반 시진쯤 후에 움직이기 시작해도 늦지 않을 것이다.

백기도는 그런 계책을 생각해 낸 자신이 대견하다는 생각 때문에 오른팔의 통증을 잊을 수 있었다.

그가 보기에 적멸가인과 혈오는 그리 오래 버티지 못하고 제압될 것 같았다.

그때 가서 자신의 팔을 짓뭉개 놓은 보복을 해도 늦지 않을 터이다.

'후후… 네년 입에서 제발 죽여달라는 애원이 나오도록 만들어주겠다.'

헐떡이던 적멸가인은 전 공력을 끌어올린 후에 오행회선강의 구결에 따라 공력을 다섯 군데 혈맥으로 분산시켰다.

오행회선강은 마도의 천마신위강과 함께 무림이대신강으로 불릴 만큼 독보적인 위력을 지니고 있다.

그녀는 현재 오행회선강을 육성 정도 연공한 상태다.

혈오는 엉덩이 아래의 상처에서 피를 쏟으면서도 지혈을 할 여유가 없었다.

그때 그녀의 귀에 적멸가인의 전음이 전해졌다.

"내가 곤방(坤方)을 뚫어보겠어요. 당신은 그 기회를 이용해서 진을 벗어나도록 하세요."

혈오가 힐끗 쳐다보자 적멸가인은 우뚝 서서 상체를 곧게 펴며 얼굴에 비장한 표정을 떠올리고 있었다.

그 모습을 본 혈오는 그녀가 전신의 공력을 끌어올려 쏟아내려 한다는 사실을 깨달았다.

이십사방위(二十四方位) 중 곤방이면 정남(正南)과 정서(正西)의 중간이다.

진이 좁혀지는 것과 동시에 안쪽의 진 이십 명이 혈오와 적멸가인을 향해 아까보다 더 맹렬하게 장창을 찔러오고 있었다. 아예 끝장을 보려는 것 같았다.

"지금이에요!"

순간 적멸가인이 나직이 외치면서 곤방을 향해 쏜살같이 부딪쳐 갔다.

쏘아가는 그녀의 두 손이 무엇인가를 움켜잡는 듯한 모양으로 가운데에 모아졌다.

그녀의 두 손 안에 계란 서너 개만 한 크기의 둥근 빛덩이가 형성됐다.

빛덩이는 홍(紅), 청(靑), 흑(黑), 황(黃), 백(白)의 다섯 가지 영롱한 빛을 발하고 있었다.

그것이 바로 오행회선강의 결정체다.

적멸가인은 자신을 향해 찔러오는 창들을 향해 곧장 마주쳐 가면서 가운데로 모았던 두 손을 앞으로 벼락같이 뻗었다.

콰우웅!

순간 그녀의 쌍장에서 다섯 줄기의 빛살이 눈부시게 부챗살처럼 뿜어졌다.

콰아아아—!!

다섯 줄기 빛살, 즉 오행강(五行罡)이 적멸가인을 찔러오던 장창들을 흔적도 없이 부수고, 아니, 녹여 버리고 장창을 쥐고 있던 고수 다섯 명을 관통하면서 두 번째 진의 고수들을 향해 휩쓸어갔다.

퍼퍼퍼퍽!

오행강은 두 번째 고수 네 명의 상체와 머리에 적중됐다.

그러나 관통하지는 못했다.

적멸가인은 오행회선강이 마지막 진의 고수들까지 쓰러뜨릴 수 있기를 기대했지만 조금 부족했다.

만약 그녀의 성취가 일성(一成)만 더 높아 칠성 수준의 오행회선강이었다면 능히 마지막 진까지 깨뜨릴 수 있었을 것이다.

오행회선강은 오성의 성취를 이루어야지만 조금 전의 오색 빛덩이인 오행강을 겨우 만들 수가 있다.

어쨌든 적멸가인은 대창륜진을 파훼하지 못했다. 더구나 아직 완성되지 않은 오행회선강을 전개하느라 공력을 너무 많이 허비했다.

 원래대로 회복되려면 아무리 빨라도 열 호흡 이상의 시간이 소요돼야만 할 것이다.

 '낭패다!'

 적멸가인은 앞으로 쏘아가는 신형을 멈추려고 하면서 내심 참담한 심정이 되었다.

 공력이 절반 정도밖에 남지 않았기 때문에 지금 집중 공격을 받는다면 꼼짝없이 당하고 말 것이다.

 쉬익!

 순간 뒤에서부터 그녀의 왼쪽 옆으로 무엇인가 검은 물체가 몹시 빠른 속도로 스쳐 지나갔다.

 그리고 그녀의 고막을 두드리는 말.

 "바짝 따라붙어!"

 '아!'

 적멸가인은 혈오가 마지막 세 번째 진을 향해 곧장 쇄도해 가는 뒷모습을 보면서 움찔 놀랐다.

 그러나 그녀는 퍼뜩 정신을 차리고 즉시 두 발로 힘껏 백사장을 박차고 혈오의 뒤를 따랐다.

 그때 적멸가인은 앞서 달려가고 있는 혈오의 양손에 쥐어 있는 쌍도가 시뻘건 핏빛으로 물든 것을 발견했다.

 아니, 핏빛으로 물들었는가 싶은 순간 쌍도에서 혈광이 뿜어지고 있었다.

도기가 아닌 것은 분명했다. 도기는 공력을 도를 통해 발출하는 것이기 때문에 도 전체에서 저렇게 혈광이 뿜어지지는 않는다.

순간 적멸가인의 뇌리를 스치는 것이 있었다.

'마정승기!'

진정한 마도 고수가 절정의 경지에 이르러야만 생성되는 마강이 바로 마정승기다.

혈오 정도의 고수가 전개하는 마정승기라면 조금 전에 적멸가인이 펼친 오행회선강만큼의 위력을 발휘할 것이다.

그때 쏘아가던 혈오가 전방을 향해 맹렬하게 혈오쌍도를 좌에서 우로 그어댔다.

부우우—

혈오쌍도에서 두 줄기의 반원형 핏빛 광채가 폭발하듯이 뿜어졌다.

뿜어져 나가면서 반원형 광채가 열 개의 조각으로 쪼개져 부챗살처럼 넓게 확산됐다.

퍼퍼어어—

열 개의 핏빛 조각은 혈오의 전방에 있던 마지막 진 열 명을 그대로 관통했다.

그들이 튕겨져 허공으로 날아가면서 뚫린 공백으로 혈오와 적멸가인이 바람처럼 내달렸다.

"일단 여길 빠져나가요!"

적멸가인은 혈오의 뒤를 바짝 따르면서 나직이 외쳤다.

대창류진이 뚫리자 중천방 고수들이 사방에서 두 여자에게 몰려들었다. 둑 아래에서 쉬고 있던 고수들까지 한꺼번에 달려왔다.

적멸가인은 전력을 다해서 달렸다. 일단 이곳을 빠져나간 후 공력을 회복하고 나서 다시 돌아와 싸울 생각이다.

다시 돌아오면 절대 대창류진에는 갇히지 않을 것이다.

적멸가인이 혈오를 앞질렀다. 적멸가인은 그것을 별로 이상하게 생각하지 않았다. 단지 자신이 그녀보다 경공이 빠르다고만 막연하게 생각했다.

털썩!

그때 바로 뒤에서 무언가 쓰러지는 소리가 들렸다.

적멸가인이 달리는 것을 멈추지 않으며 재빨리 돌아보자 혈오가 백사장에서 앞으로 엎어져 있었다.

그녀는 급히 멈추고 뒤돌아섰다.

혈오가 일어나려고 버둥거리다가 적멸가인을 보며 외쳤다.

"어서 가라!"

적멸가인의 눈길이 엎드려 있는 혈오의 엉덩이 부분으로 향했다.

그곳에서 피가 분수처럼 뿜어지고 있는 것이 보였다.

'동맥을 다쳤다!'

지혈하지 않으면 혈오가 반 각도 넘기지 못하고 죽을 것이라는 생각이 퍼뜩 들었다.

"가서 소주와 대부인을 보호해라!"

혈오는 얼굴을 일그러뜨리고 힘겹게 일어서서 날카롭게 소리쳤다.

한 번도 내심을 겉으로 드러내지 않던 그녀의 얼굴에는 지금 비장함이 가득 떠올라 있었다.

이런 위급한 상황에서도 자신의 안위보다는 소주와 대부인을 염려하고 있는 그녀다.

적멸가인은 그녀가 말한 '소주'가 무가내라는 사실을 알고 있다.

어제저녁, 무가내 일행이 이곳에 처음 와서 대부인 단예소를 만났을 때 세 명의 흑삼인이 무가내를 '소주'라고 불렀던 것을 기억하고 있다.

혈오의 뒤쪽에서는 중천방 고수들이 벌 떼처럼 몰려오고 있었다.

이번에 그들에게 포위되면 살아날 수 있는 기회는 더욱 희박해질 것이다.

그러나 적멸가인은 두 번 생각할 것도 없다는 듯 즉시 혈오에게 달려갔다.

"너!"

혈오가 자신을 향해 달려오는 적멸가인을 쏘아보면서 쌍심지를 돋우며 와락 인상을 썼다.

적멸가인은 가타부타 말없이 혈오의 뒤로 돌아가 그녀의 엉덩이 아래 부위 상처를 지혈하기 시작했다.
역시 짐작했던 대로 혈오의 엉덩이 아래 부위의 동맥이 절단된 상태다.
적멸가인은 지체없이 상처 부위에 손을 대고 양강지기(陽强之氣)를 끌어올려 끊어진 동맥을 지져서 지혈을 했다.
그러는 데 세 호흡 정도가 소요됐다. 일단 그렇게 해두면 한동안은 안심할 수 있을 터이다.
혈오는 착잡한 표정으로 적멸가인과 몰려오는 중천방 고수들을 번갈아 쳐다보았다.
적멸가인이 이미 치료를 시작했기 때문에 이제 와서 그녀를 뿌리치는 것은 오히려 일을 망치는 것밖에 되지 않는다.
그러나 적멸가인이 치료를 끝내고 일어설 때, 이미 중천방 고수들이 당도하여 두 여자를 겹겹이 포위하고 있었다.
그리고 그 수는 잠깐 사이에 오백여 명으로 불어 있었다.
등을 맞대고 선 적멸가인과 혈오의 얼굴에 긴장감이 서렸다.
하지만 적멸가인은 자신의 행동을 후회하지 않았다.
"너는 정말 어리석군."
혈오가 자신의 혈오쌍도를 고쳐 잡으면서 중얼거렸다.
적멸가인은 빙그레 미소 지었다.
"예전의 나였더라면 이렇게 행동하지 않았을 거예요."
"무슨 뜻이지?"

적멸가인의 미소가 조금 짙어졌다. 한 사람의 모습을 떠올렸기 때문이다.

"나는 요즘 그분을 배우려고 애쓰고 있어요. 그분이었다면 이런 상황에서 절대 당신을 혼자 두고 떠나지 않았을 거예요."

"그분이 누구지?"

적멸가인은 지금 상황도 잊은 듯 나직한 웃음을 터뜨렸다.

"호호홋! 누구긴 누구겠어요? 내 남편인 혈풍신옥이지요!"

그녀는 자신의 입으로 무가내를 남편이라고 떳떳하게 처음 말한 사실이 너무 흡족했다.

혈오도 따라 웃었다.

"하하하! 너의 말을 들으니 소주는 멋진 사내인 것 같군!"

"당연하죠!"

"소주를 뵙지 못하고 죽어야 하는 것이 원통할 뿐이다."

혈오의 얼굴에 설핏 아쉬움이 떠올랐다.

포위망이 점차 좁혀들고 있었다.

그때 두 여자의 머리 위에서 낭랑한 웃음소리가 들려왔다.

"누가 내 얘기를 하고 있는 것이냐?"

모두들 즉시 고개를 들고 위를 쳐다보았다.

한 사람이 옷자락을 표표히 날리면서 우뚝 선 자세로 스르르 하강하고 있는 모습이 보였다.

온몸에서 은은한 서기를 뿜어내고 있는 흑의청년.

비할 데 없이 준수한 용모에 입가에는 봄바람처럼 훈훈한 미소를 머금고 있다.
 "풍 랑!"
 적멸가인이 그 사내를 보며 기쁨에 넘쳐 외쳤다. 그녀의 눈에는 어느새 눈물이 가득 고였다.
 스으.
 멋진 사내 무가내는 적멸가인과 혈오 사이에 사뿐히 내려선 후 빙그레 미소 지으며 적멸가인의 머리를 쓰다듬었다.
 "정아, 어디 갈 때는 말하고 가야지. 한참 찾았잖느냐."
 "풍 랑, 소녀는……."
 "다친 곳은 없느냐?"
 "소… 소녀는… 으흑흑!"
 적멸가인은 울먹울먹하다가 마침내 울음을 터뜨리며 무가내의 가슴에 얼굴을 묻었다.
 다시 말하지만, 예전의 적멸가인은 절대 이만한 일로 우는 여자가 아니었다.
 혈오는 놀라움과 감탄이 뒤섞인 표정으로 무가내를 쳐다보고 있었다.
 하지만 그녀는 움찔 정신을 차렸다. 지금 자신들이 포위되어 있다는 사실을 깨달은 것이다.
 그러나 그녀의 얼굴이 곧 경악으로 물들었다.
 자신들을 포위하고 있는 중천방 고수들이 어떻게 된 일인지 모두 멀찌감치 물러나 있는 것이 아닌가?

더구나 그들은 포위망을 좁히려고 하는데 마치 보이지 않는 무형의 벽에 막힌 것처럼 허공에 부딪쳐 넘어지기도 하고 튕겨지기도 하는 광경이었다.

 혈오는 놀라서 주위를 둘러보았으나 사방의 적들이 모두 같은 상황이었다.

 혈오 자신이 서 있는 곳을 중심으로 둥글게 반경 이 장 이내로는 중천방 고수들이 접근을 하지 못하고 있었다.

 그녀는 크게 놀라면서 무가내를 바라보았다.

 '맙소사! 무형지막(無形之幕)을 이렇게 크게 펼칠 수 있다니……'

 그때 적멸가인을 품에 안고 머리를 쓰다듬고 있던 무가내가 혈오를 쳐다보며 빙그레 미소 지었다.

 "네가 혈오냐?"

『대마종』 8권에 계속…

이경영 소설

SCHADEL KREUZ
섀델 크로이츠

[2부] *Philosopher* 필라소퍼

정도를 추구하고 세상을 바로잡는
하얀 왕의 힘이 필요한 역전체 군단.
신의 존재에 가까운 '절대자'와
또 다른 천요의 등장.
그들의 목적은 헨지를 통한
공간왜곡의 문!

주어진 운명에 대항하는 자들과 이를 막으려는 자들.
그리고 밝혀지는 전설의 진실 앞에 또 다른
전설의 존재가 탄생하는데……

섀델 크로이츠, 그들의 임무가 시작되었다.

유령이 아닌 자유추구 -
WWW.chungeoram.com
Book Publishing CHUNGEORAM

부적(Charm)이란

**만드는 자의 정성, 만드는 자의 능력, 받는 자의 믿음,
이 세 가지가 충족되어야 최고의 힘을 발휘한다.**

이계에서 넘어온 영환도사의 후손 진월랑!
아르젠 제국의 일등 개국 공신 가문이었던 이계인 가문, 진가가 하루아침에 몰락했다.
그것도 가장 믿었던 사람으로 인해.

홀로 살아남은 어린 월랑은 하루하루 생존 게임이 벌어지는
살인자들의 섬으로 보내지는데…….

**독과 부적의 힘을 손에 넣은 진월랑!
그가 피바람을 몰고 육지로 돌아온다.**

유행이 아닌 자유추구 -
WWW.chungeoram.com
Book Publishing CHUNGEORAM